共和国故事

# 文化新人

## ——工农速成中学举办与成人扫盲运动开展

陈秀伶 编写

吉林出版集团股份有限公司

图书在版编目（CIP）数据

文化新人：工农速成中学举办与成人扫盲运动开展/陈秀伶编. ——

长春：吉林出版集团股份有限公司，2009. 12

　（共和国故事）

ISBN 978-7-5463-1736-6

Ⅰ . ①文… Ⅱ . ①陈… Ⅲ . ①纪实文学 – 中国 – 当代 Ⅳ . ①I25

中国版本图书馆 CIP 数据核字（2009）第 237352 号

## 文化新人——工农速成中学举办与成人扫盲运动开展

WENHUA XINREN　　GONGNONG SUCHENG ZHONGXUE JUBAN YU CHENGREN SAOMANG YUNDONG KAIZHAN

编写　陈秀伶

责任编辑　祖航　李娇

出版发行　吉林出版集团股份有限公司

印刷　三河市嵩川印刷有限公司

版次　2010 年 1 月第 1 版　　　　2022 年 1 月第 9 次印刷

开本　710mm×1000mm　1/16　　　印张　8　字数　69 千

书号　ISBN 978-7-5463-1736-6　　　定价　29. 80 元

社址　吉林省长春市福祉大路 5788 号

电话　0431 – 81629968

电子邮箱　tuzi8818@ 126. com

# 前　言

　　自 1949 年 10 月 1 日中华人民共和国成立至今,新中国已走过了 60 年的风雨历程。历史是一面镜子,我们可以从多视角、多侧面对其进行解读。然而有一点是可以肯定的,那就是,半个多世纪以来,在中国共产党的领导下,中国的政治、经济、军事、外交、文化、教育、科技、社会、民生等领域,都发生了深刻的变化,中国人民站起来了,中华民族已屹立于世界民族之林。

　　60 年是短暂的,但这 60 年带给中国的却是极不平凡的。60 年的神州大地经历了沧桑巨变。从开国大典到 60 年国庆盛典,从经济战线上的三大战役到经济总量居世界第三位,从对农业、手工业、资本主义工商业的三大改造到社会主义市场经济体制的基本确立,从宜将剩勇追穷寇到建立了强大的国防军,从废除一切不平等条约到独立自主的和平外交政策,从"双百"方针到体制改革后的文化事业欣欣向荣,从扫除文盲到实施科教兴国战略建设新型国家,从翻身解放到实现小康社会,凡此种种,中国人民在每个领域无不留下发展的足迹,写就不朽的诗篇。

　　60 年的时间在历史的长河中可谓沧海一粟。其间究竟发生了些什么,怎样发生的,过程怎样,结果如何,却非人人都清楚知道的。对此,亲身经历者或可鲜活如昨,但对后来者来说却可能只是一个概念,对某段历史的记忆影像或不存在,或是模糊的。基于此,为了让年轻人,特别是青少年永远铭记共和国这段不朽的历史,我们推出了这套《共和国故事》。

《共和国故事》虽为故事,但却与戏说无关,我们不过是想借助通俗、富于感染力的文字记录这段历史。在丛书的谋篇布局上,我们尽量选取各个时代具有代表性或深具普遍意义的若干事件加以叙述,使其能反映共和国发展的全景和脉络。为了使题目的设置不至于因大而空,我们着眼于每一重大历史事件的缘起、过程、结局、时间、地点、人物等,抓住点滴和些许小事,力求通透。

历史是复杂的,事态的发展因素也是多方面的。由于叙述者的视角、文化构成不同,对事件的认知或有不足,但这不会影响我们对整个历史事件的判断和思考,至于它能否清晰地表达出我们编辑这套书的本意,那只能交给读者去评判了。

这套丛书可谓是一部书写红色记忆的读物,它对于了解共和国的历史、中国共产党的英明领导和中国人民的伟大实践都是不可或缺的。同时,这套丛书又是一套普及性读物,既针对重点阅读人群,也适宜在全民中推广。相信它必将在我国开展的全民阅读活动中发挥大的作用,成为装备中小学图书馆、农家书屋、社区书屋、机关及企事业单位职工图书室、连队图书室等的重点选择对象。

编　者

2010 年 1 月

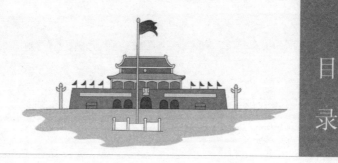

# 一、 创建速成中学

● 赵君陶认为：办好学校最重要的是选好领导
和教师。

● 赵君陶风趣地说："他们把知识交给你们，这
就是工农分子知识化，知识分子的工农
化了。"

● 宋盛云在自传上写道："今天能够来学习，真
是想不到的事。"

# 全国教育会议提出扫盲建议

1949 年 12 月 23 至 31 日，教育部在北京召开第一次全国教育工作会议。

出席这次会议的有：东北、华北、华东、中南、西北大行政区和各省、市、自治区的代表，以及中央有关部门的负责干部 200 多人。

毛泽东等国家领导人，接见了参加会议的全体代表。

这次会议着重讨论了改造旧教育、建立新教育的问题。会议提出：

教育必须为国家建设服务，学校必须向工农开门。

会议还指出，建设新教育，要以老解放区新教育的经验为基础，吸收旧教育中某些有用的经验，借助苏联教育的先进经验。

会议制定了教育工作的发展方针，即普及与提高的正确结合。指出必须坚持正确地对待团结、教育、改造知识分子的政策。

会议提出：

要做必要的准备，以便在全国范围内进行识字教育，扫除文盲的伟大工作。

这次会议制定了《工农速成中学实施方案》（以下简称《方案》）。《方案》指出：

方针任务：为有计划地培养工农出身的知识分子干部，特举办工农中学，吸收工农干部及工业青年，给以文化科学教育，使其获得中等文化程度和基本科学知识，升入大学深造，成为新中国建设的骨干。此项学校，由各部队、机关、工厂、学校大量举办。

招生对象与条件：学生来源，由各部队、机关、工厂、学校有计划地抽调与选送。其条件为：

1. 参加革命斗争3年以上，具有相当于高小毕业程度，年在16岁至30岁，思想进步、身体健康、工作积极的部队、机关工作人员。

2. 有3年以上的工龄，年在16岁至28岁，具有相当于高小毕业程度，思想进步、工作积极、身体健康的工人，首先着重产业工人。

修业年限与课程：修业年限，暂定3年。必要时得延长为4年。其课程的基本要求，是使工农青年干部具备高等教育的条件，获得中等文化水平和基本科学知识升入大学或专科学校。为此，课程应力求精简，集中学好主要的学科。

此外，《方案》还对科目、教学计划、经费、学生待遇、教职员工待遇等，做了相应的规定。

《方案》规定：

经费：由中央统一筹划者，由中央拨发。在中央计划之外由各地举办者，由各地自筹。部队机关举办者，有部队机关统一筹划。

校舍及设备：校舍以用现有的房子为原则。设备可参照普通中学标准。

学生待遇：供给制。

教职员工待遇：供给制或相当于普通中学薪金制。

这次会议还讨论改进北京师范大学和各地师范学校的意见。

会议决定，集中一批有经验的干部、教师，编审中小学教科书等事项。同时，会议还作出了"争取在1951年开始扫除文盲的决定"。

在1953年11月24日，扫除文盲工作委员会发出《关于扫盲标准、扫盲毕业考试等暂行办法的通知》（以下简称《通知》）。

《通知》规定，扫盲标准为：

干部和工人，一般可认识 2000 个常用字，能阅读通俗书报，能写二三百字的应用短文；

农民一般能识 1000 个常用字，大体上能阅读通俗书报，能写常用的便条、收据；

城市劳动人民一般能识 1500 个常用字，读、写标准参照工人、农民的标准。

各省、市可根据具体情况，灵活掌握。根据群众要求，县扫盲工作委员会或教育科可给考试及格者发扫盲毕业证书。

从此，中国 80% 的文盲开始走进夜校、补习班，学习常用字。

# 教育部筹办工农速成中学

在新中国成立之初，工农速成中学还是新生事物。因此，中央人民政府政务院在有关创办工农速成中学的指示中，指出：

> 使工农干部、产业工人在短期内受到中等教育，以便进入人民大学及其他高等学校继续深造，培养成为新型高级知识分子，作为新中国建设的坚强骨干。

1950 年 4 月，中央教育部筹办第一所实验工农速成中学。这是根据《工农速成中学实施方案》制定的"中央教育部直接举办一所招收学生 200 人"的要求，而实施筹办的。

这所实验工农速成中学，是中国人民大学附属中学的前身，它是当时全国唯一一所直属中央教育部领导的中学。

学校本着"用最少的钱办出好的学校"的原则，校址就附设在大同中学的一个破旧的院落里。

第一届学生有 116 人，这是从政务院、中央组织部、北京市文教局三处，统一选送的 194 人中录取的。

实验工农速成中学建校后，因为中学校舍条件较差，教育部又在北京西城区东养马营八号觅得一处新址，有一个院子和一个小操场。

1950 年 8 月，学校迁入暂住。同时，着手筹建正规的校园。

1950 年 10 月，师生们日夜企盼的西郊新校舍建成东教学楼和一座平房饭厅。二层楼的教职员宿舍还正在建造，学校便迁入了新校址。

当时，新校址处在一片旷野荒郊之上，偶尔还有狼出没，连旁边的人民大学也只盖了一栋"灰楼"和几排平房。

1951 年 11 月，中央教育部召开全国第一次工农速成中学工作会议，会议指出：

> 今后工农速成中学设置，在有条件的地区应向大学附设方向走，这样师资设备等方面的问题比较容易解决。

根据中央会议精神，1952 年 7 月 14 日，中央人民政府下达文件，通知北京实验工农速成中学正式移交中国人民大学领导。

在同年的 8 月 15 日，完成交接手续。

"北京实验工农速成中学"正式更名为"中国人民大学附设工农速成中学"。

学校在创办初期，教育部从东北、河北、山东等老解放区选配了一批既有革命经验，又多年从事教育工作的老干部，担任学校的领导工作。

首任校长胡朝芝，1939 年毕业于国立四川大学历史系。1940 年，胡朝芝到延安，在泽东青年干部学校一班学习。

1949 年 12 月，胡朝芝调入北京。

1950 年 1 月，胡朝芝被教育部任命为北京工农实验速成中学校长。胡朝芝原则性强，而且经验丰富，威望甚高。

副校长王食三从老解放区河北正定师范学校调入，他博学多才，后来长期在人民大学任教。

教务副主任唐孝纯是老教育家俞庆棠的女儿，在美国哥伦比亚大学专攻成人教育，并获硕士学位。回国后，唐孝纯就来到该校，担任教务副主任。

1951 年迁校后不久，教育部又调山东昌乐中学校长夏加，来校担任教务主任。

在新中国成立之初，夏加积极参加了第一所工农速成中学的创建工作，发展了他在战争年代形成的教育思想，在学校建设和人才培养方面总结出经验，在全国同类学校中产生了广泛影响。学校的教育教学工作为新型的工农教育起到了示范作用。

# 全国兴办工农速成中学

为了有计划有步骤地培养工农出身的新型知识分子干部，根据全国教育工作会议精神，各地纷纷作出了关于创办工农速成中学的决定。

1950 年 4 月，中南区开始有计划有步骤地创办工农速成中学，并进行师资训练。

中南军政委员会教育部，还设立了一所实验工农速成中学。该区在 1950 年 2 月举行的教育工作会议上，曾讨论创办工农速成中学问题。

4 月 1 日，中南军政委员会发布关于创办工农速成中学的决定，就工农速成中学的任务、学生来源及入学条件、修业年限等项做了规定。

同时，中南军政委员会指出，开办工农速成中学应有计划有步骤地进行，上半年训练师资抽调学生，下半年正式开学。

中南军政委员会计划在年内，成立工农速成中学 4 所，其中一所由中南教育部直接领导，其余 3 所由河南省、武汉市、广州市分别创办。

中南教育部根据上述决定，研究了开办工农速成中学的步骤，决定首先在部内设置机构，并着手训练师资、编选教材和筹办实验工农速成中学。

中南教育部计划，除河南省工农速成中学师资由该省自行委托河南大学训练外，其余3所的教师由该部委托武昌中原大学教育学院，举办工农速成中学师资训练班进行训练，由各省、市选调95名优良教师参加学习。

师资训练班在5月15日开学，预定学习期为半年。实验工农速成中学在4月份便已着手筹备。校址设在中原大学内，决定首先举办4个班，招生160名，9月1日开学。

这4个班的各科教师，由工农速成中学师资训练班选任。师训班的各科教员，均担任集体编选教材和集体讨论教学法等工作，在教与学中实验，以体会工农学生特点，从而修改教材，研究合适的教学方法。

师训班的教育行政组学员，还参加实验工农速成中学的行政工作，以便取得工作经验。

实验工农速成中学的招生事宜，经中南教育部邀请中南军政委员会办公厅人事局、民政部等有关部门商讨，分配名额，由中南直属机关和江西、湖南、湖北省保送学生，参加入学考试。

第一次入学考试在7月中旬举行。实验工农速成中学在第一次入学考试时，发现各部门送来投考的优秀干部不多，而且有一部分不够入学条件。而中南军政委员会人事局在审核学员入学条件上，有些放松。

因此，在同年的7月28日，中南教育部又召开了一次招生会议，邀请民政部、人事局、中南总工会等单位参加，由中南教育部潘梓年部长做报告。

潘梓年指出了第一次招生工作中的缺点，并介绍了东北实验工农速成中学招生的情况。

接着，中南人事局召开中南直属各机关的人事会议，商讨如何选送合格干部，进入工农速成中学学习的问题。

1950 年 1 月，在中共中央发出工农速成中学暂行实施办法，决定以速成的办法，培养经过革命战争和各项实际锻炼的先进人物之后，中南教育部成立中南实验工农速成中学领导小组。赵君陶任副组长，当时赵君陶是中南教育部中小学教育处处长。

赵君陶认为：

**办好学校最重要的是选好领导和教师。**

为了组建一支优秀的教师队伍，赵君陶亲自到中南选教师。

同时，赵君陶还十分重视教材。她在中南教育部中小学教育处抽调许多高水平的教师，组织起来编写教材。

赵君陶注重改进教法，主张教师们互相观摩、交流，相得益彰。

她还积极热情地帮助教师们解决一些具体困难，以保证他们能够用心学习。

由于工农学员的年龄偏大、文化水平参差不齐、学习中遇到的困难多，赵君陶就把原来定的 3 年毕业，改为 3 年至 4 年毕业，这充分体现了赵君陶实事求是的精神。

赵君陶教育学生要尊重教师。她风趣地说：

> 他们把知识交给你们，这就是工农分子知识化，知识分子的工农化了。

1953 年，赵君陶调到中宣部工作。

为适应全国大规模的经济建设急需各项人才，特别是技术人才，为了迅速提高工农干部的素质，全国各地兴起了创办工农速成中学的热潮，专门培养工农干部。

赵君陶被调到南开大学速成中学任职。她的教育非常有特色，能够针对不同学生的特点因材施教。

速成中学既有普通中学的特点，又有其自身的特点；既要速成，又要系统扎实地掌握知识。

赵君陶认为，若不扎实，谈不上速成。因此，这对教师的要求就更高了。

为此，赵君陶和教师、学生共同总结教学经验、改进教学方法，不断提高教学质量。

赵君陶采取老师指导、老师学生共同讲、老师总结的办法，以老师为主，启发了学生的思想，调动了学生的主动性、积极性，收到了很好的教学效果。

赵君陶为了提高教学质量，还建立了集体备课制度，主张通过讨论共同提高。并在此基础上，成立了教育研究会。

赵君陶还特别重视对青年教师的培养。

她组织教师到中国人民大学速成中学观摩学习、跟班听课，和老师一起备课、上课、辅导、实验、修改作业。从整个教学过程中，学习和掌握速成中学教学方法的特点。

赵君陶要求青年教师在搞好教学的同时，要注重专业知识的研究。她特别重视知识分子、关心知识分子，是知识分子的贴心人。

经过一系列的变革和摸索，以赵君陶为领导的南开大学速成中学的教学质量有了显著的提高。

# 工农速成中学的发展

工农速成中学是崭新的人民教育，因而没有旧教育的传统制度、条件、习惯的限制。

根据《速成中学暂行实施方案》的指示，各地从实际出发，创造出适合自己的制度、课程、教材、方法，走自己的道路。

速成学校偏重于文科，这与工农学生补习文化知识有着密切的关系。

北京实验速成中学的第一届学员，仅在北京市范围内招生，由学校向中央和北京市党政部门分配报名和录取名额，经中央组织部、中央人民政府人事局或北京市文教局审查，一律经过考试，合格后录取入学。

王成选同学是财委会行政科的办事员，入学时 22 岁。他 14 岁就参加了革命。

王成选小时候是因为家里穷而不能读书。

参加革命后，他又先后当特务连的战士、班长、警卫员等工作，不能专门进行学习。但是，王成选学习的决心，并没有放下过。

到了北京后，王成选更感觉到没有文化的苦闷。他在机关工作，写不出报告，做不出总结，感到非常苦恼。

在听到工农速成中学招生的消息后，王成选再也坐不住了，加紧了刻苦学习。

入学后不久，正当学校要考试的时候，王成选正在医院进行盲肠手术。但还没有等伤口愈合，王成选就跑回学校参加考试。

宋盛云同学是一位保育工作者。她的家庭是雇农。宋盛云小时候因为家里穷，没有饭吃，就到地主家给地主照看孩子。

1938年，宋盛云的家乡解放后，她参加了儿童团的工作。1944年，当宋盛云到延安的时候，以为可以接着学习了。可是没想到，组织上派她到保育院工作。她当时就闹情绪，不愿再带孩子。

在保育院工作了两年之后，宋盛云才把思想搞通，明白了保育工作也是革命的一部分。

现在，组织上把她送来速成中学学习，宋盛云感到十分欣喜。她在自传中写道：

**今天能够来学习，真是想不到的事。**

谷敏同学本是一个弃婴，她是被人收养长大成人的。长大后，谷敏又做了童养媳。

新中国成立了，谷敏变成了一名机关的办事员。现在，组织上又把她送到学校学习。在谷敏心中，这的确是天大的喜事。

刘桂生同学是想了10年的学校，到现在才如愿以偿。

北京实验工农速成中学，在不断地摸索中前进着。

1952 年，学校移交人民大学，改为人大附设工农速成中学，随即在全国范围内招生。招生基本条件未变，只在年龄上规定为 16 至 30 岁。

此后，招生人数逐年递增，有相当一部分参加过长征和抗日战争的干部、部队指战员和全国劳动模范，入校学习。

战斗英雄周天才、战士作家高玉宝、劳动模范郝建秀和杭佩兰等，都曾在该校学习。

郝建秀是当时全国闻名的劳动模范。她在青岛国棉六厂做挡车工时，首创的"细纱工作法"，曾大大促进了纺织科学技术的发展和生产的提高。

郝建秀本来没有什么文化，她之所以能在后来的各级领导岗位上从容应对，与她曾在工农速成学校努力学习、掌握科学文化知识是分不开的。

1952 年，山东大学建立了工农速成中学。全校上下对此都十分重视，华岗校长亲自指导速中教师如何备课。

1952 年 11 月 30 日，山大工农速成中学正式开学，郝建秀作为首届学生，从工厂来到校园。

郝建秀虽闻名全国，但是她到校后，便立即融入班级活动中，和同学们一起打扫卫生，参加各项课外活动。

团支部书记刘晓桐老师负责帮助郝建秀处理一些社会事务，主要是回复校外大量的来信。

每次，当刘晓桐征询郝建秀的意见时，她总是先问组织上是怎么看的？校长是怎么说的？然后再提出自己的看法。

入学前，郝建秀只有小学三年级的文化水平，写一篇文章字句不通，错别字连篇。

在老师的悉心指导下，郝建秀进步得很快，一学期下来，7门功课都得了良好。第二学期开始分文、理科，又增加了几门新的课程。郝建秀不畏艰难，学习质量稳步提高。

1953年，郝建秀先后当选全国总工会执行委员、共青团第二次全国代表大会代表等。她经常要去北京开会，往返于北京与学校之间，花去了不少时间。

1954年，领导决定将她转到北京中国人民大学工农速成中学插班学习。

郝建秀在中国人民大学工农速中毕业后，考入上海华东纺织学院。大学毕业后，她先后在青岛、北京等地纺织系统担任领导工作。

工农速成中学的举办，为新中国的现代化建设提供了有力的智力支持。

# 积极创办工农速成中学

在中华人民共和国成立初期，教育"向工农开门"，这在当时是普及教育之举。

在党中央的号召下，大量的工农速成中学在全国遍地开花。

1950 年 4 月 15 日，大连工农速成中学创办。

在旧社会，许多劳动人民和自己的子女连小学也进不去。因为没有钱，上不起学。在 4 个月前，这些同学有些是拿枪杆子的军人，有些是拿锤子的工人，有些是拿锄头的农民。

在开学前，有些同学是在报纸的招生广告上知道招生的消息：念书不花钱，人民政府和共产党要培养大批工农专家。有些同学是在自己的工厂或者农村的小组会上听说：上级号召上工农中学学习。过去旧社会把咱们弄成大老粗，现在是新社会啦，咱们是当家的主人，要学习成一个新型的知识分子。

在新生考试的时候，同学们从各个工作岗位，背着简单的行李而来。在同学们当中，真正高小毕业的只有半数，其余有些根本没有进过学校。

开始的时候，学起来真是有些困难。年龄大的同学虽然容易领会，但是记不住。水平低的同学听课又听不懂，又不能各科都听。但是，这些工农兵学生，从来就没有怕过困难。

每天19时至21时，在上自习课的时间内，各科教师就和同学们在一起，随时解答一切疑难问题。同学们无论是在课堂上，还是自习时间，只要有不明白的问题，就马上问老师。

仅仅上过二年级的高淑枝，开始时各科都跟不上。

但是，她使用了"一好三多"的方法，不久就可以跟上学习进度了。高淑枝说：我在学习上并没有什么好法子，就是上课好好用心听，不会就多问，自习时间多练习，在课外也多想学习的问题，慢慢就不难了。

郭防同学在辽东省党校学习时，学了"小九九"。但在工农速成中学开始学习时，老师在课上问他："九乘六是多少？"郭防都不能马上回答上来。

因此，郭防在思想上有很大的顾虑，学习不够安心，始终怀疑自己跟不上学习进度。教师在特别辅导时，就专门帮助他，为他解决了这个困难。

国文老师在帮助学习差的同学时，规定每天写50个字，或造两三个句子，并随时检查，纠正错误。

举办这样的工农速成中学，是相当紧张而又艰巨的。由于是在试办摸索经验，因此课程标准与进度都没有统一的规定。

工农速成中学的目的是，要争取在3年内完成中学的全部课程。学校的师生们，都在为完成这个目标而努力奋斗着。

一位曾在速成中学任教的老师说，在学校的教师生涯是他一生中最难忘的回忆。

这位老师说，当时他开始教学时只有 19 岁，面对这些比他大好多的特殊学生，面对他们的朴实，他觉得自己已经不是一位完全的老师，从另一种意义上说，既是学生，也是战友。他从他们的身上学到了许多优秀品质，感受到了他们的那份热情。

这位老师说："这是我走上社会的第一站，也是这第一站，让我把握了人生的方向，知道了应该为谁工作。"

# 二、 速成中学的发展

● 李德尊老师说："我们只要把这种精神坚持下去，教师热心指导，同学们认真学习，一定能按期完成任务。"

● 程希文在作文里写道："我们刚来校时，学习抓不住重点，也不知道从哪儿下手，听到老师讲解后，我才明白了。"

● 傅振理说："我以极大的兴趣来学习文学。我不仅把错别字从文章中'驱逐出境'，而且已有能力欣赏伟大文学家的名著了。"

# 学校选用自编教材

为了使各地工农速成中学明确自己的教学方向，在
1952 年，教育部颁发工农速成中学分类教学计划。

该计划是：

第一类，预备升入高等学校文史、财经及
政法等科，以语文、历史、地理等课程为重点；

第二类，预备升入高等学校理科、工科有
关专业，以数学、物理、化学等课程为重点；

第三类，预备升入高等学校医科、农科及
生物学科，以物理、化学、生物等课程为重点。

根据教育部颁布的教学计划，北京实验速成中学归
属人民大学后，因总的方面需要与人民大学设科相衔接，
所以，经领导批准，自 1952 年新生入学，学校实施第一
类教学计划。

在速成中学建校初期，学校选用正式出版的普通中
学教材，做一些适当增减。后来，针对工农学生的特点，
多采用自编的教材。

如语文教材，特别选用了高玉宝的《半夜鸡叫》和
郝建秀的《进京日记》作为课文。古文编选了《石壕

吏》等反映劳动人民苦难生活的诗文。

课外阅读材料，选用《新儿女英雄传》《暴风骤雨》《钢铁是怎样炼成的》《卓娅和舒拉的故事》等作品片段。

对于其他教材，如算术、代数、几何、三角、物理、化学、中外历史、地理等，各科教师也都做了大量的编选和取舍。

围绕教学中心工作，学校组织教师到校外参观学习，校内公开教学，教研室集体备课。采取各种措施了解学生的困难和需要，提高教学的质量。

针对学生程度不齐的情况，按学生程度编班，按班级教学，对那些文化程度较低的学生则采取先补习、后正式进班的办法。

工农学生那种自觉的勤学精神，深深地感动着教员们。

在北京实验速成中学每周一次的作文课上，学生们常常冥思苦想到吃不下饭、睡不着觉。从星期六拖到星期一，但总要把作文写好。

他们作文的内容的确要比普通中学的生动而具体，作文题目也总以说自己切身的事为宜。已经做过的作文题目有：《记开学典礼》《自传》《母亲》《最难忘的一件事》《记五一劳动节》。

在这些题目中，学生们写出了不少动人的故事。教员们鼓励他们"有啥说啥"，要他们不要抛弃自己生动的语言，而去学些空洞的形容词，或者陈腐的文言。并且规定，学生作文必须当堂交上来，以免在课外耗费太多的时间，而影响其他课程。

张萍是在 1954 年来到中国人民大学附设工农速成中学一年级一班学习的。

经过一段时间的刻苦学习后，张萍写了一篇作文，题目是《李大娘把余粮卖给国家》。

作文的开头是这样写的：

> 村民会散会后，李大娘在回家的路上低头默默地想着。不知不觉，踏进了自己的小院，她熟悉地推开房门，回头又把房门虚掩上。拿起桌上的旱烟袋，装上满满的一斗烟叶，坐在床沿上，一面慢慢地抽着，一面回忆着刚才会议上使她局促不安的情景：
>
> 村长和支部书记讲完要把粮食卖国家的道理后，大家都纷纷表示愿意把粮食卖给国家。接着就有不少人当场报了他家可以卖的数字。但是她却因为心里还没定弦，不愿意说什么……

这篇作文写得非常的生动，引人入胜。

但是，要知道，像张萍这样的同学，在入学时一般都只有小学的文化水平。可是经过短时期的学习，他们就有了显著的进步。

单单从这篇作文上，就可以清楚地看出他们的一部分成就。这些成就充分说明了，工农青年们是能够克服学习上的困难、能够使自己成为国家建设事业中的骨干力量。

同时，从学生们的习作中，我们也可以看到，在人民当家做主的新中国里，劳动人民才可以充分发挥自己的力量和智慧，才可以过上盼望已久的幸福和快乐的生活。

哈尔滨工农速成中学是在 1950 年初创办的，同年 5 月 15 日开始正式上课。

学校建在哈尔滨市风景优美的兆麟公园的南门外。在校的学生们，对学习都非常热心和认真。不论哪一科老师指定的作业，同学们都能按时或提前完成，并且做得很好。

教师们的教学多采用自编的教材，根据学生的实际情况，随时做相应的调整。

在各科预复习中，学生稍有不明白的地方，都询问和请教老师。如语文课中的地名、人名的用字，同学们都单独提出，要老师讲解它的意义和用法。

在讲课当中，你会看到一个个同学侧着耳朵，伸长了脖子，一动不动地凝神注意着老师和黑板上的每一个字。

在班务日志上，你会经常看到"同学们学习情绪高涨"这样令人兴奋的记事。

学生的文化程度相当于高小初中之间，有四分之三的学生只上过两三年学校，有的同学过去根本就没进过学校。能有现在的文化水平，一般都是在工作中学习的。

因此，他们初踏进这所新型的正规学校，在生活上不习惯。在第一、第二周的上课中，各科怎样学习，怎样支配精力、分配时间，同学们都觉得没有方法。

笔记横写一页，竖写一页，满纸乱涂。老师提问也不起立、不举手、坐着讲。但是这些缺点一经老师点明，他们马上就改掉了。

在一个月的学习中，学生们各科成绩都获得了显著的提高。在第一次作文中，周廷贵同学共写错别字 21 个，但在第三次作文中，就只有 3 个错别字。

学生的算术程度在入学时是相当低的，一般连式子都列不出。孙兆广同学不但算式列不出来，就连 10 个阿拉伯数字都把握不清。但是，他在小考中却获得了 70 分的成绩。

同学们在一个月的艰苦学习过程中，克服了重重困难。在学习方法上也有了显著的进步。

程希文同学在作文里写道：我们刚来学校时，学习抓不住重点，也不知道从哪儿下手，听到老师讲解后，我才明白了。

师生互敬互爱，关系和谐，课堂内外，充满了奋发向上的激情。

各地速成中学都按照教学计划，紧张地进行着教学。

在师生们的共同努力下，学生们的学习成绩有了明显的提高，工农学生的学习积极性更浓更强了。

原清华附设工农速成中学的党委书记郭德魁，以及清华第一届党委书记何东昌，曾高度赞扬工农速成中学这种教育形式，称其为"人民教育的创举"，体现了党的关怀和当时人们的学习积极性。

正是这种"为工农兵服务""工农群众知识化"的思想，对巩固社会主义政权和促进社会主义工业化起到了极大的推动作用。

# 摸索改进教学方法

全国各地的工农速成中学的生源主要是部队、机关、工厂中文化程度较低的工农群众，目的是培养真正的属于无产阶级的知识分子，培养"红色工程师"，提高广大工农群众的知识水平。

根据中央的要求，速成中学的教育计划就是在3年内完成初中、高中的全部课程。

由于学习的时间有限，教材内容跨度大，学生的文化水平又低，而且程度高低不等，使得教学难度也相对较大。

怎样由浅入深、循序渐进地根据教材组织课堂教学，是当时速成中学的教师们时时处处都要讨论的话题。

为了达到速成的目的，大连工农速成中学的教师们也经常开会研究改进教学方法。

面对着大部分还不具备高小知识的同学，要上中学的课程、采用中学的教学方法，效果一定是不好的。

根据师生座谈会上同学们提出的建议，试用了一些新的教学法，如上自然课时同学们听不懂，就多利用实物图标；历史课记不清某朝某代，教师则以讲故事的方式或把历史过程简单化，只讲主要的有系统性的，不必要记的，则尽量省略。

另外，教师在讲课的时候，都尽可能地使用简单易懂的通俗语句，写字也尽量避免潦草。这些看起来虽是小事，但是对学生来说是很重要的。

班主任和各科教师对自己的任务都感到光荣和愉快，并认为这对自己来说也是一种锻炼。

教语文的许老师说："学生们是这样坦白直爽，不会虚言假套，有意见马上就提，并都能自觉地抓紧学习，丝毫不用老师操心。"

李德尊老师说："我们只要把这种精神坚持下去，教师热心教导，同学们认真学习，一定能按期完成任务。"

在所有从事速成中学教学的老师们的共同努力下，全国速成中学的学习成绩日新月异，教学气氛融洽，和谐发展。

# 学校勤俭奋斗抓教育

在中华人民共和国成立初期举办工农速成中学，其办学条件是非常艰苦的，困难重重，令人难以想象。

因而，这就需要各方面人员的相互理解和共同努力，才能把学校办好。

当年，从祖国各地、各个岗位走到一起的速成中学的老师们，在祖国的号召下，努力地学习和工作着。他们一心想要把自己的所学全部教给学生们，这也是为社会主义建设做贡献。

就以北京实验速成中学为例。在 1952 年的时候，学校的校舍只有东教学楼、图书馆、大饭厅、北一楼、北二楼，以及散布于校园中心几处尚未被拆除的旧民房。

南小楼当时尚在建造中，学校的围墙也只是用钉在木桩上的铁丝围起来的。

当时，学校还没有暖气设备，冬季要生煤炉，老教师们自己会生炉子，因而办公室里总是炉火旺盛，让人感到暖暖的。

年青的教师不会生炉子，晚自习后回到冰冷的宿舍，就只好到锅炉房灌两瓶热水，洗漱后，披上大衣，围着被子，脚蹬暖水袋，然后坐在床上看书、备课、批改作业。

为了提高教师素质，学校规定全校教师必须参加人民大学附设马列主义夜大学习。中国革命史、马列主义基础、政治经济学和哲学4门课程，每年学习一门，4门考试均及格，才发给结业证书。

每当周一、周四教师们去夜大上课时，学校的高升礼股长就带着田全明师傅，在宿舍的楼道里为师生们生炉子。

老师们下课回来，看见高升礼和田全明师傅满脸满手都是煤灰，样子像包公，于是就亲热地戏称高升礼为"包股长"。

那些不会生火经常受冻的年轻教师，一开宿舍门，看到炉火正旺，心里感觉格外的温暖和舒适。

那时，在通向南小楼西门的甬道旁，曾有一个用玉米秸作为支架，用麦秸和泥盖成的三角形尖顶小棚，是南小楼竣工前看守工地的民工休息的地方。

一次，有位教师从甬道走过，看见高股长的爱人从棚中弯腰"爬出"。于是便好奇地询问，一问才知道，她是来探亲的。

这位教师后来责问高股长，怎么想得出用这样简陋的"窝棚"招待家属。

高升礼无奈地叹了口气说："没有房子啊！我又不能让她住进南小楼，干扰老师们休息，凑合住几天，就让她回去。"

可见，当时员工们的工作和生活条件都十分艰苦。

但是，却没有一个人退却，因为在他们的心中，装着一份责任和义务。能为国家的建设培养人才，尽一份力量，他们的心里感到无限的光荣。

当时，尽管生活条件艰苦，工作任务也相当繁重。但是，速成中学的老师们都在同甘共苦、努力奋斗着。

在他们的心中只有一个目标：把工农速成中学办好！

# 工农兵学生开始毕业

工农速成中学的学生大多来自工厂、部队、机关等单位和部门。有的经历过战争的洗礼，有的是劳动模范……

因而，工农兵学生的年龄都比较大，20多岁入学的学生还算年轻的。

有的学生已经30多岁了，成家有子女者居多，生活负担重，记忆力差，文化水平真正达到小学毕业的是极少数。

对这些学生来说，背枪扛锄都不怕，但握起笔来就觉得重，额头上要流不少汗。

学生们常常课间不休息，熄灯后在路灯下、厕所里看书，甚至打着手电在被窝里学习。

这些工农学员政治素质高，多数是共产党员，学习目的明确，态度端正，学习刻苦。

学生耿桂珍，来校前在刘少奇身边工作。耿桂珍在来校学习时，毛泽东、刘少奇、周恩来、朱德都在她的红皮本上题词、留言，鼓励她认真学好科学文化知识，为新中国建设服务。

有的学生提出："宁可多掉几斤肉，学习决不让落后。"还有的说："决不让学习上的问题过夜！"学习的劲头很足。

有些学生是英雄、劳模，每年的五一劳动节、十一国庆节就要离校，开庆祝会或参加首长接见，外出参观访问，因此误课较多。

针对这样的学生，老师们总是利用他们空余的时间分别为他们补课。讲一次不会，就换一种方法再讲，抽象的听不懂，就用实物、制教具、画图表……

对于个别学习吃力的学生，老师们就手把手地教。有时为了一个数学题，老师要从小学的基本知识讲起，再联系本题，直到学生听懂为止。

老师们想方设法地帮助学生克服困难，解决问题，学生们也尊敬热爱老师。

沈阳市工农速成中学在经过一段时间的学习和探索后，学生的学习也开始逐步走上了正常的轨道。

一般的学生已学会了写短文，会分段落、会应用普通的标点符号了。

同学们原来的文化程度一般都较低，不少人从未正式学过算术。但经过刻苦学习后，现在却进步得很快，这大大地增强了师生们在三四年内学完中学基本课程的信心。

人民大学附设工农速成中学在东养马营时，院子小，过道窄，师生相遇，学生一定会道旁恭立，让老师先走。校外相遇，学生也都以师礼相待。

天凉时，学生总是开教室后面的窗子通风，而不开讲台旁的窗子，怕老师着凉。讲桌上，总是放着热水，桌旁有一把椅子让老师休息。

年轻的教师王干桢刚刚登上讲台，不免有些紧张。而那些年龄比她还要大的工农学员就鼓励她别害怕，大胆地讲。

第二届学生傅振理说：

> 我以极大的兴趣来学习文学。我不仅把错别字从文章中"驱逐出境"，而且已有能力欣赏伟大文学家的名著了。

贫农子弟孙德福入学前，只上过 3 年学。

第一次写作文，孙德福用了 4 个小时，写了一篇将近 200 字的短文。其中，有 24 个错别字，3 个病句。

而到毕业时，孙德福在最后一篇习作《三年》中，他用 2.5 万多字，有条理、有中心地总结了自己 3 年来各方面的收获。

参加高考时，孙德福以优异成绩考入留苏预备班，同时考入的还有 4 位同学。

早期毕业的工农学生出路宽，备受重视。第一届毕业生中，有 59 人升入人民大学各系，21 人考入北京大学、哈尔滨工业大学等其他高校，成为新中国的高级建设人才。

未考入大学的学生，经过学习和提高，也都成了各

速成中学发展

部门的领导和业务骨干。

因为这是一所历史上从未有过的学校，大家都被这所崭新的学校所吸引。捷克大使夫人以记者身份首先前来参观，并向国外报道了这个新事件。

哈尔滨工程学校，师范大学工农速成中学师资训练班，东北工农速成中学的教职员代表们，都前来参观并学习。

教职员们把学到的教学经验带回到各自的工作岗位上，为培养优秀合格的工农兵学生，献出自己最大的热情和力量！

# 三、 第一次扫盲高潮

- 教育部指出：在广大的工人农民中间普遍地推行速成识字法，有计划有步骤地扫除文盲，已是当前刻不容缓的重大任务。

- 张奚若部长在报告中指出："工农业余教育应着重整顿巩固，一般地不作发展。"

- 毛泽东说："记工学习班这个名称也很好。这种学习班，各地应当普遍地仿办。"

# 政务院发布扫盲指示

1950 年 6 月 1 日，政务院发布《关于开展职工业余教育的指示》（以下简称《指示》），要求以工厂企业的工人为对象，进行扫盲教育。

《指示》提出：

开展职工业余教育是提高广大职工群众政治觉悟、文化与技术水平的最重要方法之一。职工业余教育的内容以识字教育为重点，争取在三五年内做到职工现有文盲一般能识 1000 字上下，并具有阅读通俗书报能力。

为此，全国各地工矿企业相继设立了工人文化补习班。

新中国成立后，随着工农业生产的发展，职工就业人数也明显增加，职工的生活水平也显著提高。在此基础上，各地工会组织积极开展了文化技术教育和文娱体育活动。

在中华人民共和国成立之初，工人普遍缺少文化，大多数职工识字不多，他们的技术水平很低。

为了改变这种状况，工会在党的领导下配合行政，举办了业余文化补习学校和业余技术训练班。

同时，还通过推行师徒合同、技术研究会、技术互助合同，以及先进生产者表演等多种形式，开展群众性的扫盲活动。

工人扫盲主要是通过上业余学校的学习，使学员具备初步的阅读写作能力，即能读报，能写四五百字的记叙文和两三百字的说明文，能写日常应用文。

这一活动的开展，使职工群众的文化技术素质有了明显的提高。

在政务院发布《指示》之后，山东省发出《为贯彻执行中央人民政府政务院关于〈开展职工业余教育的指示〉的指示》，规定要明确目前职工教育应以工厂、矿山等企业为主，掌握以发展普通班为重点的工作方针。

在公私营工厂、企业中要全面开展，争取绝大多数不识字和识字不多的工人都能参加学习。手工业工人、店员也要有重点地逐步开展。

1950 年 9 月 20 日至 29 日，教育部与中华全国总工会共同召开了"第一次全国工农教育会议"。

毛泽东、朱德、董必武、郭沫若等人，以及 470 名中央和地方有关部门的负责人参加了会议。

这次会议表明中国共产党和中国政府非常重视这项工作。会议强调，工农教育的实施对象，首先是工农基层干部和积极分子，其次才是逐渐面向那些条件具备的广大工农群众。

根据教育对象不同，工农教育分为"工厂企业工人教育""干部教育""农民教育"三类。

"工人教育""干部教育""农民教育"分别由工会、文化部门和教育部门负责。各个部门都设立自己的专门学校。

工会有工人业余学校，文化部门有工农干部基础教育补习学校，教育部门有农民业余小学和中学等。

1950年，上海炼油厂进行职工政治与文化学习主要是识字扫盲，所使用的教材是《工人政治课本》和《国语课本》。

从当年的9月到11月，均以上大课的方式进行，结束时多数人识字达200个以上，其中部分职工学会了写便条和建议。

1951年，为响应市总工会号召"提高工人文化素质"，厂工会负责组织工人文化班，便在生活区搭了几间草棚办班进行教学，其中设有扫盲班。业余教师则由厂里大学毕业生或具有一定文化程度的职工担任。

1952年初，上海炼油厂工会办文化班，招收80人参加，采用速成识字法教学，每天业余学习1小时。9月增加1个班。

到1953年，有60余人参加初小文化学习，分为2个班，从识字开始，到年底已达小学三四年级的文化程度。

1954年12月，由文盲提高到小学三、四、五年级文化程度的累计有150余人。于是，1955年就开办了6个扫盲班。

1951 年 3 月 1 日，《学文化》杂志创刊。这是全国职工业余教育委员会的机关刊物，由教育部主编。它是面向识字量不多的职工的阅读刊物。

在扫盲学习者还不很多的情况下，政府创办这样的杂志，本身就说明了对扫盲教育的重视。这种重视并非只限于形式，而是真正地深入实际地去抓。

这在扫盲教育开始的初级阶段，对巩固扫盲成果起到了十分重要的作用。

# 祁建华创造速成识字法

1952 年 5 月，中央教育部发出《关于各地开展"速成识字法"教学实验工作的通知》，全国总工会也发出《关于在工人中推行"速成识字法"的通知》。

"速成识字法"是解放军西南军区某部文化教员祁建华，在 1951 年创造的。

祁建华精心挑选了 1200 个常用字，借助注音符号作为辅助识字的工具，这是一种借助注音字母的辅助作用，利用汉字字形、字义、字音相同与相异的不同特点，来提高识字速度的方法。

这种方法正是毛泽东一直所关注的。早在 1949 年 8 月 25 日，华北大学校长、中国文字改革的坚决倡导者吴玉章就给毛泽东写信，提出为了有效地扫除文盲，需要迅速进行文字改革。

对吴玉章提出的建议，毛泽东极为重视。毛泽东随即把信批转给郭沫若、茅盾等人研究。

在毛泽东的关心下，1949 年 10 月，中国文字改革协会成立，其中一项任务就是研究汉语拼音方案。

祁建华创造的这种识字法，使工农业余教育在短期内获得了大范围的快速进展。

祁建华在教解放军战士学文化时，摸索出一种简便快捷的教学方法，大体分为：

　　一是先学会注音符号和拼音，用注音字母
作为辅助的工具。
　　二是大量突击生字，做到会读、初步会讲。
　　三是教、学识字课本，同时开展一定的阅
读、写字、造句训练，巩固所认识的字。

1951 年，西南军区在干部战士中试行祁建华"速成
识字法"，一般只要 15 天就能识字 1500 个以上，能读部
队小学课本 3 册，能写 200 至 250 字短稿。

某野战军采用这一方法，在 1952 年 3 月底，彻底扫
除了全军的文盲。而后，在全国各地迅速办起了实验班。

1952 年 4 月 23 日，政务院文化教育委员会举行颁奖
典礼，奖励作出杰出贡献的发明者祁建华。

4 月 30 日，中华全国总工会发出通知，责成各级工
会组织展开"速成识字法"的重点实验工作，要在工农
教育中推广"速成识字法"。

"速成识字法"满足了普及扫盲和短时见效的要求，
是工农业余教育中摸索出来的成功经验。

1952 年 5 月 15 日，教育部发出《关于各地开展"速
成识字法"的教学实验工作的通知》指出：

　　运用"速成识字法"，将使扫盲过程大大

缩短。

　　在全国范围内，在广大的工人农民中间普遍地推行速成识字法，有计划有步骤地扫除文盲，已是当前刻不容缓的重大任务。

此后，扫盲运动在全国迅速开展。

东北行政区在 5 月 20 日召开东北三省推行"速成识字法"工作会议，对推行"速成识字法"、开展扫除文盲运动的工作做了进一步部署。

5 月 21 日，教育部确定河北省为"速成识字法"实验区。

在同年的 5 月、6 月，教育部连续发出通报，介绍山西、东北、天津等地推行"速成识字法"的情况。

6 月 5 日，教育部公布常用字表，列出常用汉字。

6 月 9 日至 16 日，西北区召开工农教育会议，决定在全区普遍推行"速成识字法"。

7 月，西南军区在《人民战士报》上发表《"速成识字"教学讲话》，《人民日报》进行了转载。

这样，到 8 月时，推广"速成识字法"在全国范围内形成了热潮。

经过 4 个月的努力，在工人中实验推行"速成识字法"的活动，已在全国各厂矿企业内取得了显著成效。据东北、上海、北京、天津、重庆、山东、山西、察哈尔、石家庄等地不完全统计，工人实验班有 4368 个，参加学习的工人达到 25.8 万多人。

其中，已有很大一部分人经过课堂学习，能阅读通俗读物，会写简单文章。

1953 年参加学习的工人、农民，其中使用"速成识字法"学习的近 700 万人。

1952 年 11 月 5 日，中央人民政府委员会第十九次会议通过决议，成立中央扫除文盲工作委员会，任命楚图南为主任委员，李昌、林汉达、祁建华为副主任委员。

扫除文盲工作委员会设办公厅、城市扫盲工作司、农村扫盲工作司、编审司。

到 1954 年，职工扫盲人数为 130 余万，农村扫盲人数达 850 多万，城市中各类劳动人民扫盲人数为 36 万。

大规模地扫盲，使一些大城市的工厂职工中基本上消灭了文盲。

在农村也出现了一些"文化村"，农民扫除文盲后，精神面貌也为之改观。一些农村开始兴办图书馆、业余剧社等文化娱乐组织，不断地丰富充实农民的业余生活。

"速成识字法"还对以后成人教育和小学教学中运用拼音、加快识字提供了有益的经验。

但推行"速成识字法"时也出现了采用突击的方式，过分强调"速成识字"的作用，方法上机械搬用公式，主观要求过高等问题。

1952 年 9 月，全国扫除文盲座谈会提出要防止克服过急过躁、草率从事的偏向。

　　1953 年春，扫盲工作开始采取"坚决收缩"的方针。

　　"向工农开门"，大力发展工农教育，在方针和政策上为工农干部、工农青年及其子女提供入学受教育的机会，为更广大的工农劳动群众兴办各种夜校，开展扫盲运动，这一切都构成了新中国教育的一个重要方面，是中国历史上空前的文化建设。

# 初步开展扫盲运动

1952 年 9 月 6 日，全国总工会发出《关于在工人群众中推行"速成识字法"开展扫除文盲运动的指示》。

同年 9 月 23 日到 27 日，教育部和全国总工会在北京联合召开了全国扫除文盲工作座谈会。

会议讨论了教育部副部长钱俊瑞，关于扫除文盲运动方针的报告。

与会者一致认为，在广大劳动人民及工农干部中扫除文盲，是我们国家实行经济建设和民主建设的必要条件，同时也是全国劳动人民的迫切要求。

会议指出，开展扫除文盲运动是一项迫切和重大的政治任务。各级领导应以领导历次革命运动的精神，来领导这一个具有重大历史意义的运动，并须定出计划，以期在今后 5 至 10 年内基本上扫除全国文盲。

同时，会议还指出：为了防止与克服有些地方在推行"速成识字法"时，只注意快，不注意巩固，以致速而不成，造成"夹生""回生"现象以及过急过躁、草率从事等偏差，必须明确扫除文盲的标准，首先是使不识字者识字，然后求其巩固。

扫除文盲的标准，就是使文盲半文盲认识两千字左右，能够阅读通俗书报和写三五百字的短文。

王守凤是山东省文登县宋村乡妇联副主任、社扫盲协会委员。

1951 年，王守凤高小毕业后，担任了生产社民师，后又当上文登县宋村乡妇联副主任。

在扫除文盲运动中，王守凤带领全乡妇女完成了妇女扫盲任务，成为远近闻名的巾帼英雄。

此前，在一次研究扫盲工作的干部会议上，支部书记刘德永对王守凤说："守凤，咱村妇女文盲这么多。这个扫盲任务可交给你了，你要拿出两手来看看。"

王守凤坚定地回答说："看着吧，支书，我一定完成这个任务。"

回到家里，王守凤半宿没睡着，翻来覆去地想，是啊，不扫盲怎么能行呢？189 名青壮年妇女，文盲就是 114 个。16 个妇女队长，14 个是文盲。

王守凤还清楚地记得，那年布置填一个积干菜的表，把鞠春兰难得满街转，后来截住个小学生，才把表填上了。

想到这里，王守凤感到自己有责任组织妇女同志们学习。她决心搞出个样子看看，决不辜负领导和群众的期望。

第二天天刚亮，王守凤就穿好衣服，把 5 个妇联委员找来了，商量组织妇女学习的事。

大家一致认为，妇联既要领导妇女生产，也要管理妇女的学习。经支部同意，在扫盲协会中以妇联为主，又吸收了 3 名妇女队长和 1 名民师，组成一个"妇女学习领导小组"，委员们分片包干。

由于刚开始，大家都没经验，王守凤就又决定各个委员 3 天一碰头，及时听取反映，总结情况，以便研究下一步的工作。

一天下午，王守凤找来 100 多个妇女开会。在会上，王守凤算了 4 笔账。

一算旧社会受苦的账。新中国成立前，他们村有 40 多条要饭棍，70 多人在东北当苦力。妇女群众受着社会压迫和家庭的束缚，别说念书，就连饭都吃不饱。

二算办社需要人才账。当时社里现有社委、生产队长 9 人，农业、水利、果业技术员 19 人，记账员 26 人，饲养员 14 人，托儿所教养员 7 人，总共 75 人。

这些人说是高小毕业以上的程度，可是够高小程度的仅 18 人，其余 57 人有的不足高小毕业程度，有的是文盲，因此严重影响了工作。这里面就包括很多妇女。

三算没文化的痛苦账。张英芝不识字，用豆粒记工账，半粒当半天，一粒当一天，包米粒当空日。年底算账差了 15 分，为此还和小队长吵架，影响了生产情绪。

四算扫盲时间账。47 岁的妇女王本滋，7 个月扫除文盲，现在能记账写信。如果一天学 8 个字，半年多点时间，就都能像王本滋那样。

经过算账，好些人都表示愿意学习，但有些人还犹豫不定。

　　王守凤感到这样做，还不能全部入学。她又以 24 个积极分子为骨干，带动其他文盲入学。这些积极分子有个共同特点：就是个人思想进步，工作积极。

　　经过初步教育，她们都表示愿意带头学习，并愿意组织亲戚邻居家的妇女学习。

　　会后，她们以串门访问的方法，组织妇女上学。没几天，董义芝就组织了全队妇女；张英芝以"滚雪球"的方式，由 3 个人的组，扩大到 4 个组 12 个人。

　　这时，全村以积极分子为核心建立的 5 个组，扩大到 24 个组，文盲全部入学，甚至还有 10 个超龄妇女参加了学习。

　　学员有了，谁来教呢？全村仅有 23 个高小毕业生，这怎么够用？于是，王守凤就冒着风雪，跑到 10 公里路的完小去，找到了母校的王校长。

　　王校长很支持她，答应让在校的五六年级学生回村帮助教学。从学校回来后，王守凤又找到村小学教师，动员了一部分四年级学生，帮助学员看孩子。

　　紧接着，王守凤又召开了高小毕业生、在校四五六年级学生会议，说明教人识字光荣的道理。于是，当场他们都报名参加扫盲队。姜桂欣等 12 人，会后还自动找到学员挂了钩，订立了包教保学合同。

　　王守凤根据他们的报名人数，编成了"检查队"，有7 人；"教学队"，其中 7 人担任民师，24 人担任小组民师；"保育队"有 32 人。

扫盲队员个个表示要尽自己最大的努力来完成任务。

在教学中，王守凤根据学员的条件和他们的要求，划分了班组。

每晚集中学习一个小时，白天带课本和小黑板在田间学习。在田间除了由小队配备的小先生辅导学习外，还提出"识十教九，先生跟着学生走"的口号，开展了互教互学的活动。

董义芝扫盲刚毕业，就积极辅导姜德金两人复习功课。读第二册的康秀珍和念第三册的鞠学英开展了互学。

有一天，康秀珍高兴地告诉王守凤说："今天在山里，我还教会俺老师识了个'兽'字呢！"

为辅助学员学习，扫盲队员在街头巷尾和学员家里的家具上都写上了字，以便随时随地学习。

在各项工作就要走上正轨的时候，新的问题又出现了。

一天晚上，王守凤在一个组里看到除了三四个学员外，还有满满的一炕孩子。

她问了一下，有的学员说："人家小学生，忙着准备考试，不给看孩子了。"也有的说："论理多的，谁还没有孩子，怎么好意思叫婆母看孩子？"丘夕水说："俺婆母嫌腻歪，不愿给看了。"

经过了解，因孩子没处托付，影响到学习的有31人。

这时，王守凤一方面重新动员一部分学习不大吃力的在校学生帮助看孩子。另一方面又召开了 40 多人的婆母会，讲明了学习的道理，打通了婆母的思想。

丘夕水的婆母说："是啊，过去都是当老的做得不够，其实媳妇识字，我看也不错。往后我一定给她看孩子，让她好好学习。"

董义芝的婆母不但给看孩子，还拿出钱给孩子买了书。

在表扬了这些婆母后，王守凤又和支部书记联系动员了 20 多个男人帮着妻子看孩子，学员学习又好起来了。

学习不到一个月的时间，曹宗英学不进去，愁得哭了；童来云学得劲头不大，对扫除文盲没有信心。

在这种情况下，王守凤就召开学员会，反复进行教育，又叫王本滋介绍了苦学苦练的经验。

会后，王守凤又深入到户去打通思想。在教育童来云时，她用童来云自己在战争时期，给部队争做被子衣服、抬担架的光荣事迹，启发她的荣誉感。

最后，童来云说："那时俺能干，现时也不老，人家能学得好，我也决不落后，一定学习好就是了。"

春节前，有些学员忙着做衣服、推年磨，于是缺了课。这时，王守凤就组织全体民师和部分扫盲队员，帮学员推磨、压碾和干些零活。

通过干活，多做些宣传和教学工作，没干几次，学员便不好意思叫她们帮忙了，缺课现象也随之没有了。

原打算腊月二十三放假，这样就一直学到了腊月二十七。

王守凤很注意运用各种形式表扬新人新事，不埋没一点成绩，所以那些生龙活虎的小伙子们都是干劲冲天。

扫盲队员孙永宝教的 4 个学员，其有 16 个孩子。遇到雨天，孙永宝便挨家挨户去教。对接受能力差的学员，一天三次上门去教。

有的学员十分感动，说："孙永宝，真是个好教师，跟他念书，还愁不识字吗？"

在苦学苦练中，也出现了不少优秀学员，如 40 多岁的王桂宾，做到了饭前学饭后学。苦学 3 个月后，她现在能记账和简单写个信了。

此外，还出现了妹妹教嫂子的姜守敏，夫教妻的刘玉元，全家人学文化的姜保安等典型事迹。

对此，王守凤运用了各种形式进行了表扬，对其他学员的影响很大。

经过民师学员和全体办学人两个月的奋战，学习效果大有提高。每一个妇女学员认字率都在 90% 以上，并能听写 70% 以上。张英芝等不少学员不但会写信，还能订个简单的家庭计划。

14 名妇女队长文盲不但填表格不发愁了，还能把会议布置的工作记成简单的提纲。有 16 名扫盲毕业女学员，还订了报纸。

她们都十分高兴地说："我们可不是睁眼瞎了。"

自从把妇女组织起来学习以后，王守凤就经常进行政治教育，通过经常教育，该村妇女的工作真正变了样。过去参加劳动的妇女，只是几个青年。自此以来，经常有 320 多个妇女劳力参加生产；过去召开妇女会，去得少，到得慢，现在一通知就有 170 多人参加会议；过去张建娥等五户家庭不团结，通过学习，明白了事理，现在都成了和睦家庭；过去王玉珍时常与街坊邻居吵架，现在都变好了；过去布置个工作好几天完不成，现在一有了工作，就"四面开花"，很快就都完成了。

开展爱国卫生运动后，许多妇女和男同志一样，苦战了 3 昼夜，修整了大街，家家户户洗刷一新。

妇女干部都说："自从学习开始，咱村的妇女工作真好做。"

大家也都说："有王守凤这样的领导干部，谁能不愿意学呢？谁能学不会呢？以后什么工作咱也不怕。"

经过像王守凤这样的基层工作者的艰苦努力，农村扫盲运动呈现出令人欣喜的新气象。

1952 年这一年，全国参加扫盲学习的职工有 208.1 万人，占全国参加学习职工总数的 69.9%，扫除文盲 12.56 万人。

扫盲运动在取得了很大成绩的同时，也出现了忽视质量的冒进偏向。

1953 年 1 月 13 日到 24 日，政务院文化教育委员会在北京召开了各大行政区文化教育委员会主任会议，提出 1953 年文教工作的方针是：

整顿巩固，重点发展，提高质量，稳步前进。

同时指出：

扫盲工作 1952 年秋后有点冒进，原因是把扫盲看得太简单。扫盲是一个长期而复杂的任务，不是三五年而是需要 10 多年或更长时间才能完成的。

同年 2 月，全国扫盲工作委员会在北京召开第一次全国扫除文盲工作会议。

会议肯定了扫盲工作的成绩，但也指出：

总的说来领导上过分地强调"速成识字法"的作用，计划和摊子铺得过大，形成盲目冒进的偏向。

会议研究了"速成识字法"教学上的公式化和要求过高、过急的问题，认为"速成识字法"如果按照地方特点，根据一定条件加以灵活运用，而不硬搬部队经验，还是可以获得较好效果的。

会议针对工作中的偏向，提出了"整顿巩固，稳步前进"的方针,要求将扫盲纳入正轨,正常开展扫盲工作。

1953年4月9日,《人民日报》发表《扫除文盲工作必须整顿》的社论。

6月5日,教育部在北京召开第二次教育工作会议,张奚若部长做报告时指出:

> 工农业余教育应着重整顿巩固,一般地不做发展。

这样,各地积极采取了"速成识字法"的优点,改进了教学方法,边教边巩固,扫盲质量有所提高。

1953年的扫盲教育,取得的成绩更为显著。

1953年9月16日,郭沫若在中央人民政府委员会第二十七次会议上,作了《关于文教工作的报告》。

报告中肯定了1953年全国"常年参加学习的职工有304.8万人,占入学职工总数的54.9%,扫除文盲35.7万人。"

1953年11月24日,"中央扫盲工作委员会"发布《关于扫盲标准、扫盲班毕业考试等的暂行办法的通知》对扫盲工作的指导更具体化了。

在这个《关于扫盲标准、扫盲班毕业考试等的暂行办法的通知》中,第一次将扫盲对象进行分类,根据对象不同,识字量的要求也加以区别。

例如，对干部和工厂工人的要求是，识字量为2000字，能读懂一般性的书籍和报刊，并能写200至300字的应用文。

另外，城镇工人和市民的识字量要求在1500字，其他方面的标准与干部和工厂工人的标准相同。

在国家完成社会主义改造的时间里，甘肃的江、彰两县的教育，也完成了由新民主主义教育向社会主义教育的过渡，绝大多数教师通过政治思想改造运动，成了人民教师，学校的教学秩序得到了较好的维持，教育教学工作开展顺利。

随着工农业生产的发展以及苏联教育体制的引进和教学方式的推广，各类教育充满生机，教育事业在安定中稳步发展。

除基础教育外，江、彰两县城乡，分别在1950年、1953年，两次掀起扫盲教育和职工教育的高潮，有力地促进了工人文化水平的提高。

江苏省如皋县的教育，在广大人民群众的期盼和扶持下，由单一、低级基础教育的格局发展成为基础教育普及程度较高、各类教育协调发展的教育体系。

中华人民共和国成立初期，如皋县政府认真贯彻党的"学校向广大工农群众打开大门"的总方针，一手抓中小学普及，一手抓"扫盲"。

至20世纪50年代末，幼儿教育、基础教育都有了较快的发展。20世纪50年代初，如皋商业系统和如皋城镇

为提高本单位、本系统职工素质，还兴办了一些以培训职工为目的的职工学校。

在全国各级政府和相关部门的大力支持和推动下，职工的文化水平有了大幅度的提高，从而有力地促进了新中国经济建设的发展。

# 选拔培训扫盲教师

1952 年，中共中央和政务院决定在全国农村推广祁建华"速成识字法"，加快农村青壮年的扫盲进度。

遵照中央、省、地委指示，河北省赤城县、龙关县安排在全县推广祁建华"速成识字法"，先进行试点。

贯彻中央指示，面对的首要问题是选拔能够运用"速成识字法"教学的"扫盲教师"。

1952 年 7 月，蒲游江在县城的玉辉完全小学六年级毕业后，正赶上区公所奉令选调"扫盲教师"。

经小学老师推荐，区文教助理和区委同意，蒲游江于 10 月 3 日到县参加考试。

蒲游江说，考试由县师范校长阎尚谟和县干部业余文化补习学校教务主任宋节文出题并判卷。

各区参加考试的共有 60 余人，高小毕业当时算学历最高的，还有不少初小三四年级的。

和蒲游江一起参加考试的同班同学有鞠孝忠、石明月、许善新，还有部队复员军人。

蒲游江说，当时的考题是：你对推广速成识字法意义的认识？判卷分数未公布。因按 60 分及格选不够人数，40 分以上的都留下了，不足 40 分的就让回去了。

被录取的人，用 20 天时间，由县干部业余文化补习学校高小班教师赵文魁，进行祁建华"速成识字法"教学法的培训。怎样学注音字母，怎样运用象形字、同音字等帮助记忆，怎样学记工分、打欠条和收条、写书信等。教师先讲，然后让每个学员上讲台按教学要求，做示范实习。

培训结束后，县文教科安排全县9个区，先在城关、白草、龙门所、后城试点。

城关是重点试行区，开设扫盲班的村庄是东大村、东关村、南大村、兴仁堡、南庄子、双山寨、郭家屯、黄土岭、青羊沟9个村。

每村一个"扫盲教师"，也有两个人的，一人为教师，一人为辅导员。

蒲游江被分配在青羊沟村教学。教室是戏楼旁边的下处，东房3间，外两间大炕作为教室，里一间是蒲游江的宿舍。

为了加强对"扫盲班"的督促、指导，区公所还配备了专职扫盲干部，一区5个人。

区委、区公所还为此给各村发了通知，要求村党支部、村长全力支持，只许办好，不许办坏。

学员由个人报名，要求是：3个月内不请假、不出门、不旷课。报名后由党支部逐人审查，按"三不要求"确定入学资格。

尤其是青壮年农民，对学文化要求如饥似渴，报名要求学习的人很多。党支部批准了30个人，其余报名的作为第二批入学。

教学完全按照部队的做法，每天 19 时开始上课，学习 2 小时。一天也不准缺课，一分钟也不能迟到。

因为课程是县文教科统一排好的，7 天教会注音字母，7 天教会拼音，然后以注音方式教认字，按照印好的课本往下教。

学员缺一天就隔过去了，跟不上，就得需要补课。否则，3 个月就完不成扫盲任务。

蒲游江那时刚 17 岁，学员大多数是 20 多岁，还有 30 多岁的。只有少数几个，比蒲游江年龄小一点儿。但不论谁迟到了，蒲游江都会批评，有的学生还会被罚站。

学员们为了学文化，尽快摆脱文盲状态，多数人不计较蒲游江的"死拗"，学得津津有味。只有少数学员受不了他的训斥或罚站，有意见。

在县文教科检查组去巡导时，有人提出蒲游江态度生硬、死板。结果，蒲游江受到了表扬和肯定，认为是严格执行了上级的教学规定。

扫盲班就这样严格地办了冬季 3 个月。春节放假时，第一期课程学完。经考试，及格的发给县文教科统一印制的"扫盲结业证书"。

第一批扫盲任务算完成了，效果还不错。当时农村办互助组、农业社，急需识字人记工分、记账、看农药说明。扫盲班结业的学员，基本上可以应对上述一些燃眉之急，也有的人当了农业社会计。扫盲教育成绩显著。

李佩英是山东省昌乐县平柳乡李家木庄村的民师，在扫除文盲运动中，她带领偏僻山庄的群众积极学习文化，将家乡变成了文化村。

李家木庄全村有 98 户人家，共有 549 人。中华人民共和国成立前，村民在糠菜半年粮半年的贫苦生活中，能识字的人很少，仅有 37 个人识字。

新中国成立后，群众当了国家的主人，由于生产生活的需要，群众迫切地要求学文化。

1953 年，在党的领导下，村里组织群众常年学习。至 1957 年冬季，扫除了文盲 153 人，加上其他识字的人，共有非文盲 190 人，占青年总数的 98%。

社支书李湖原来是个纯文盲，现在是业余高中生，社主任李栋是业余高小生，在工作中他们都不用犯愁。

他们都高兴地说："咱们在政治经济上翻了身，现在文化也翻了身！"

以前妇女们到合作社里分粮、分草，不是这个错就是那个闹，乱喳喳的，办事很困难，现在没有那些现象了。有了文化的妇女，接受党的教育格外快，在生产工作上个个争先恐后。外村都叫李家木庄村为"文化村"。

李佩英高小毕业后，党支部就动员她当民师。原来的民师对她说："当民师可苦了！干一天活还得吃冷饭，我是不干啦！"

但是在党的教育下，李佩英没有动摇，当上了光荣的民师。

可是，学员们瞧不起她，她讲课的时候，学员就互相叽咕着说："看！她个子还没有桌子高，就来给咱当老师哩！"

由于李佩英个子小，在黑板上写字只得搬上两摞砖头踩着写。她一块块地向教室里搬砖头，学员们看到便笑个不停。

第一天上课，有16个人，第二天就只剩了4个人了。学员走后，李佩英独自一个人留在班里，担心不能完成党支部的任务，为难地哭了。

第三天，李佩英擦干眼泪，到那4个学员家里访问。他们说："人家怕你教不了！"

李佩英说："您别看我年龄小，识字比您多，只要您肯学习，我保证把你们教好。"

他们说："俺不是不想学，以前的民师不到校，俺去叫他，他气恨恨地说：'我累死了，你没看见?'"

李佩英马上回答："我保证不嫌累，不用您叫，每天早到校，您叫我怎么教我就怎么教。"

他们这才说："俺先帮你把那12个人叫来，试试看吧！"

从此，李佩英每天早到校半小时。没有书，向学员收钱买吧，怕收散了伙；回家要吧，怕爹娘吵。李佩英到姐姐家去要了钱，从坊子坐火车到50公里外的昌乐去买书。买到书以后，李佩英走在城里的大街上，天已经漆黑了。

后来没有粉笔，李佩英就用姐姐给她买袜子的钱，到平柳院去买粉笔，结果那里也没有。于是，她又跑到 10 公里远的坊子去买，来回 20 多公里路。

回来时怕耽误了晌午上班，她便脱下鞋，光着脚往家跑，没有顾得吃饭就上了学校。

哪知脚起了血泡，火辣辣的痛，她就趴在讲台的桌子上，两只脚轮流挨地。

学员们感动地说："别看老师小，说话办真事。"从此，学员稳定了，村里有了常年民校。

后来，李佩英动员发展新学员，不到几天，学员就增加了近一倍。

可是，新的困难又来了，一个班的学员好几个进度。李佩英不会复式教学，学员在班上总说话，还有的带针线做活儿。

后来在小学老师的帮助下，李佩英画了个教学路线图，谁该讲新课，谁该复习，早确定好。学员有了活儿干，班上就安静了。

后来学员逐渐多了起来，便男女分班。李佩英把她家的南屋打扫干净，作为教室，让学员坐着那大瓮上学习，结果坐破了两个。

李佩英晚上给男班上课，中午给女班上课，一直教了一年半，才又培养了一个民师，两个人一起教学。

上课之前，李佩英总是仔细备课，在最农忙的季节里，也都充分地备课，备课主要是在田间。

每天下地干活，休息时，李佩英便坐在地上，腿膝当办公桌，集中思想备课。

夏天锄秣秣，钻在秣秣棵里，一点儿风不透，热得头昏，累得腰痛。休息时，人家去凉快，她仍然要完成备课任务。

李佩英的三爷爷说："回家看书去吧，别不知道死活，当模范还真不容易呀！"

后来，实行"两早""两晚"。早晨早上坡，早回家，下午晚上坡，晚回家，保证了中午的教学时间，自由地支配了田间劳动与备课时间，并不误农活。

学员落下课，李佩英都是想办法给他们补上。有一天晚上，她跟 3 个学员约好，要分别到她们家补课，就冒着雪去了。

雪越下越大，大风搅着大雪不住地往裤腿里灌，冻得她直打战，但是李佩英仍然坚持按计划补完了课。

深夜回到家，李佩英鞋子里的雪已经和袜子冻结在一起，用火烤了才脱下来。

母亲心疼她，又埋怨她说："谁家像你这么傻，白尽义务教民校，不怕冻死吗？"

李佩英安慰了母亲几句，接着说："咱村有了文化，合作社就能办得更好，大家生活富裕了，咱的生活也就好了。"

就这样，李家木庄村的民校由 1953 年秋天的 16 人，增加到 82 人，男女青年和男壮年都上学了，是一处很巩

固的常年民校，到 1956 年，大部分学员都毕业了。

1955 年秋天，李佩英光荣地出席了全国建设社会主义青年积极分子大会，见到了毛泽东。从此，李佩英就下定决心，要把家乡变成文化村。

后来，村支部书记带头上中学，李佩英教出来的民师也当了中学学员。

他们都说："也教也学，越干越有劲！"

# 教育部发出农民扫盲指示

1952 年 12 月，中央教育部经政务院批准，发布《关于开展农民业余教育的指示》。要求有计划有步骤地开展农民业余教育，提高农民的文化水平。这是当时我国文化建设上的重大任务之一。

"指示"认为，在提高农民的文化水平方面，成绩还不是很大，农民业余教育亟待加强。

在农村，主要是学习老解放区的经验，开展冬学运动，利用冬季农闲之机，组织农民识字、学习政府文件、讨论发展生产的办法等项内容。

山东省各地的冬学，一般都是在结合生产实际中进行的。各个地方针对群众的思想情况，在进行文化教育的同时，开展了生产教育、时事教育，比如土改的政策教育等，解除了群众的顾虑，使冬学顺利地进行。

益都县刘镇在刚开展冬学时，群众都不能接受，认为冬学仅仅是个形式，只能浪费大家的时间，不会学到多少东西，到头来还不如在家好好休息。

村干部得知这一情况后，对群众进行了耐心细致的讲解，并和老师联系，利用冬学进行土改教育，打通了群众的思想。

许多农民在参加了冬学学习后，生产情绪稳定了，有的还说："不上学咱们哪能知道这些啊，还是上冬学好啊！"

在一些先进分子的带动下，更多的群众参加到冬学中来，冬学开展得红红火火。很多地区的村干部带头参加冬学学习，一方面提高自己的文化水平，另一方面利用这种形式宣传党的方针政策，也有利于拉近与群众的关系。

在冬学的推动下，大家的文化水平不仅提高了，而且更有效地推动了其他各方面工作的开展。

在冬学的教育推动下，渤海行政区的群众劳动情绪高涨，各个地区在各项工作中，都展开了友谊竞赛。在竞争中提高了生产质量和数量。

在征粮中，干部们发现了征粮积极分子，立刻在冬学的黑板报上进行了表扬，掀起了征粮的热潮，从而又快又好地完成了征粮任务。

潞县垠上村将冬学与生产自救教育相结合，组织积极分子动员家长制定具体的节约办法，这种做法影响了全村。全村定出各种生产节约办法，如救灾、捣粪、积肥、拾粪、拉草等。

此外，村干部将全村人分为几个小组，开展小组与小组之间的竞赛，学员起带头作用，掀起了生产热潮。

在学员实际行动的影响下，全村有 62 户人家响应了节约号召，并发动了社会互济与自由借贷，又开展了副业与运输热潮。

这些工作相互协调，相互促进，推进了整个生产的进行。

为了更进一步使农民业余学习趋向经常化，使这种季节性的业余学习逐步转变为常年的业余学习，举办和坚持农民业余学校，辅以各种分散形式的和有专人领导的识字班或小组。

凡经过土改或是农民生活初步改善的老区，首先推行识字运动，并配合时事、政策教育与生产、卫生教育。

教育对象首先着重村干部、积极分子及青年男女，逐步推广到一般农民。争取在三五年内使农村干部及青年积极分子学会常用字 1000 字以上，具有初步读写算的能力。

参加农民业余教育初级班或高级班学习，经考试合格者，发给毕业证书，与初小、高小的毕业证书有同等效力。

扫盲运动是中华人民共和国成立初党领导的、主要是面向社会下层的群众运动。其赖以发生的社会背景、当时的社会条件，以及它所面对的对象，决定了它具有统一而又灵活多样的特征。

在农村开展大扫盲，必须符合农业生产实际和农民生活需要。为此，各级政府根据农村实际，结合农民生活，采用了灵活多样的方法进行成人大扫盲。

在轰轰烈烈的扫盲运动中，山东省福山县高疃乡涌现出一位双目失明的好书记，他叫刘元林。

刘元林的家乡在山东省福山县高疃乡爱国农业社，这是一个偏僻的山村，有 389 户人家，共 1676 人，青壮年 541 人，其中文盲半文盲 207 人。

新中国成立后，该村陆续扫除文盲 114 人，百日奋战以后，又扫除文盲 210 人，非文盲已达 531 人，占青壮年总数的 98.2%，基本上变成了无盲社。

这一切，无不浸透着党支部书记刘元林的心血。

刘元林小时候家里很穷，5 口人只有九分地，父亲常年给地主家干活，一家人过着半饥半饱的生活。

为了改变家庭的命运，父亲咬着牙让刘元林念了 3 年书，但贫困的家境最终没有圆了刘家的"文化梦"。

辍学后，刘元林像许多老辈人一样闯了关东。最初，他来到大连的一家饭店里做工。1947 年，刘元林响应党的号召，参军保家卫国，成为一名光荣的解放军战士。

1948 年，在周村战役中，刘元林不幸负伤，双目失明。在部队首长的关心下，1949 年，刘元林光荣复员，回到家乡。

1950 年，村里改选村党支部，刘元林当选为支部组织委员。1952 年，村支部书记调出工作，上级党委便委任刘元林担任党支部书记。担任党支部书记以后，刘元林就考虑怎样改变村里的落后面貌。

当时，上级号召办冬学，刘元林认为这是个好办法。因为组织群众学习有两方面的好处：一是不用召集开会，通过民校组织，就可以贯彻生产工作和党的方针路线；

二是通过学习，既能提高群众文化水平，又能提高政治觉悟。

因此，刘元林就下定决心，克服一切困难，要把民校组织起来。

初成立时，因群众思想基础差，冬学不容易被他们所接受。经过刘元林的多次动员，只有70多人入了学，学习一周，学员就只剩一半了。

刘元林根据实际情况分析，认为要想搞好民校，关键在于民师，因为他们是办好民校的主要力量，也是村干部的有力帮手。

所以，刘元林首先从加强民师的思想教育入手，对他们采取集中和个别相结合的教育方法，进行了思想教育，还经常在团员大会上讲解教人识字的光荣，使民师有了教书育人的自豪感。就这样，民师的思想有了提高。

在提高思想的基础上，刘元林又和民师研究具体分工。民师负责好好教学，提高教学质量；他则负责保证出席人数，上政治课。

每天上课前，刘元林就来到民校，民师点完名后，他听到缺谁就去叫谁。连续叫了两周，人才逐步来齐了。

由于刘元林双目失明，去逐户叫学员时经常摔跤，甚至碰破腿和头。

有一次，在大风大雪的夜里，刘元林和民师研究工作到深夜，这时大雪已经铺满了道路。在回家的路上，刘元林迷失了方向，走着走着，走到村外去了。

他在村外雪地上摸索的时候，又跌进路旁约一米深的小沟里。他心里又急又躁，双手扒雪上来，出了满身的大汗。

刘元林在雪地里仔细地摸呀摸呀，终于摸到了村西头向南弯弯的大槐树，这才辨明了方向，摸索着回到家里，手脚都冻麻木了。

邻居们看到他工作有困难，也都可怜他，婶子大妈们也常常劝他说："元林啊！你在革命中是有功的人，上级还会饿着你吗？"但这些话，始终没有动摇他工作的决心。

由于刘元林经常挨门逐户地动员，大大地提高了学员的学习积极性。后来，大家都能自觉地按时到校，有的不来，学员们也能主动去叫，并能自觉地展开批评和自我批评。

有些学员常说："你们不上学，叫一个盲人满街叫，这是啥良心！"

刘元林用自己的毅力和真诚感动了村民，从此民校便逐步地巩固下来了。

这位双目失明的退伍军人，以钢铁般的意志，克服无数困难，领导全村人民开展扫盲。他连续两次当选为福山县扫盲积极分子代表，四次被选为山东省扫盲积极分子代表。

# 扫盲配合合作化运动

为了配合农业合作化运动，中央对扫盲工作制定了学习文化要为合作化服务的总体工作方针。

各级政府从本村、本乡的实际出发，经过和群众商量，制定出扫盲规划，力争把整个过程放在合作化的规程之中。

当时，各级地方统一安排生产、学习、开会的时间。有些地方规定，评分记工在地头做完，不占学习时间，为学习文化课、政治课，以及何时召开党团会议，都做了具体的时间安排。

当时，尤其强调对农民识字课本的编写，比较流行的是"识字记工课本"。从农民自己的姓名学起，然后学土地的名称，各种农活、农具和牲畜的名称，以及记账格式。

由于学习贴近农民的日常生产，所以仅用两三个月的业余时间，就可以使农民初步掌握记账、记工的本领。

为统一领导扫盲工作，各地还成立了扫盲协会。

而"以民教民"的工作方法，则解决了扫盲运动的师资问题。

作为一场群众运动，单靠正式的教师和正常作息时间的教学，难以满足在短时间内全部扫除文盲的艰巨任务。

组建一支扫盲教师队伍，是一个必须解决的重要问题。一方面，各级政府特别注重业余教师的培养，并整合了当时的教师资源。

当时的业余教师队伍中，有七八百万是通过扫盲运动已经识了字的农民，大批投入农业生产的初中和高中毕业生，也是一个很大的力量。

此外，还有 100 多万农村小学教师。当时就是号召"发动识字的人教不识字的人，使一切识字的人，包括工人、农民、市镇居民中识字的人，包括学校教员、高小以上学校的学生、国家机关和人民团体的工作人员"，都加入扫盲教师的队伍里。

同时，各级政府还注意解决业余教师生活和生产上的困难，教育他们认识到，教人读书识字是为人民服务的，是革命和建设的需要，因而是光荣的工作。

1951 年 7 月，翁振华被派往常熟市大义区，担任农民业余教育专职教师。

1953 年，翁振华被委任为大义区扫盲中心校长，并得到由县长签发的委任状。

翁振华说，扫盲中心校配备一名教导主任和几个专职教师，这所学校设在农村广阔的天地里。

翁振华回忆说：

> 当时正值土改以后，农民当家做主，在经

济上、政治上翻了身。但农民百分之八九十是
文盲，让农民文化翻身便成为农村的一项重要
工作。农民学文化积极性很高，所以办起了冬
学民校。

　　冬学和民校主课就是识字课、政治课和唱
歌课。虽然目的是扫盲，但必须上政治课。农
民普遍喜欢唱歌课，没有唱歌课，冬学民校就
办不起来。


翁振华说，因为没有教师，就提倡"一字先生"，识
字多的教不识字的。

民校的教师统称群众教师，每年秋后，在大办冬学
之前，区和县都要举行群众教师培训。

1953 年，中央对扫盲工作提出了"紧紧跟随和密切
地结合农村的合作化运动"。

翁振华回忆：


　　当时全国推广祁建华速成识字法，在大义
新义乡试点推广。它的特点是用拼音做拐棍，
强调把课堂作战场，强调集中思想，像打仗一
样，上好识字课。

　　县派驻了 20 来个专职人员组成的扫盲工作
队，村村搞起了速成识字班。这期间确实摘掉
了一批文盲帽。摘帽后的农民由扫盲中心校长

颁发扫盲毕业证书。

1954 年，我们在小义镇办起常熟第一所业余中学叫工农中学。桌凳是小义镇国墅街各界人民赞助的。请小义中心校长等人义务讲课，我上政治课。

以后文教局派了一名专职教师，但因学生参军外出就业等多种原因，学生减少，一年多时间就停办。

翁振华说："1955 年，中央制定农村发展纲要四十条，其中一条就是要扫除文盲。这样，扫盲工作得到了普遍重视。大义区在党委的重视下，提出 4 年完成扫盲。我们利用放映露天电影和开会前，宣传扫盲的重要性。农村墙头也写了不少有关扫盲的标语，扫盲工作有了很大的进展。"

同时，还利用白茆乡下放干部多的优势，请常熟县报编辑下放干部黄绳之，编写了一本"三字经"作为识字课本。这本"三字经"收集常用字 1647 个，读完"三字经"可以能读能写，就达到了脱盲要求。

# 北京开展扫盲教育

在全国各地纷纷进行成人大扫盲的形势下，北京也进行了轰轰烈烈的扫盲运动，纷纷举办扫盲班和业余学习班。

如北京市郊石景山区的扫盲教育，就是根据1952年全国推广的祁建华创造的"速成识字法"开展的，扫盲教师主要是：

1. 受过基础训练的成年人；2. 小学教师；3. 小学高年级学生；4. 中华人民共和国成立前毕业的大学生等。此外，还有请中华人民共和国成立前的私塾先生为扫盲教师。

教师在进行识字教育前，接受政府组织的集中训练。在集训中，主要就扫盲教育的意义及其他注意事项进行教育。

然后，根据学生现有水平，编成不同水平的班级，即初级、中级、高级。

授课场地除了小学校的教室外，大一些的村子还利用村里的办公室。因为学校正好赶在冬季开学，所以人们将其称之为"冬学"。在第二年开春后又改为"民校"。晚上授课一至两个小时。

参加学习的学员，全部都是年龄在 20 至 30 岁的农民，女性所占的比率较大。

识字班的学员们经过 3 至 4 年的学习，高级班的毕业生并不很多，大多数都在初、中级水平。学习比较好的后来都成了农村干部。

他们中的年轻者，经过考试，有的从事出纳和会计工作，也有少数人继续学习，再升入高一级的学校进行深造。

姬凤琴当时只有 20 多岁，在中华人民共和国成立前，她只上了半年学。

1951 年，姬凤琴参加了政府组织的扫盲班。姬凤琴白天在田里干活，晚上在扫盲班学习一两个小时，星期天全天都上课。

刚开始上课时，还没有教材，后来才有了课本。经过 3 年的学习，初级班、中级班、高级班都毕业了。

初级班和中级班的毕业考试，只考"阅读"和"听写"。高级班的考试是在考卷上做笔答。毕业后，她在农业合作社里做信用社的会计工作。

刘玉田当时 27 岁，在参加识字班之前，他斗大的字不识一个。1952 年，刘玉田参加学习，冬天每天学习一至两个小时。

老师有 40 多岁，以前是农村的私塾先生。

初级班使用 500 个字编写的课本，中级班用 1000 个字的课本，高级班的考试是有作文的考试，如写信等。

刘玉田在高级班毕业后，担任农业合作社的副主任。

后来，经过刘玉田的劝说，有个年轻人也参加了扫盲班的学习，毕业后升入初中，成了工厂里的一名工人。

王玉民当时上学时有 30 多岁。中华人民共和国成立前，王玉民根本没有上过学，甚至连自己的名字都不会写。

1952 年，王玉民参加识字班，每天晚上学习一至两个小时。老师是村里小学的女教师。

当时，王玉民由于年龄较大，家里的活计又忙，经常缺席，因而初中没有考上。

扫盲班毕业后，多数人都告别了农民生活，去从事其他的工作，其中有很多人是从事专业性很强的工作。

因此，扫盲教育被人们普遍所接受，并产生了相当好的效果。

理由是：

> 由于根据水平分班进行扫盲教育，并进行长达 3 至 5 年的时间学习，学习内容的加强巩固，必然要与其成果联系起来。
>
> 在当时有文化的绝对人数还很少，达到小学毕业程度水平的人，就可以成为干部、会计。因此，脱盲得到广泛的积极响应。

在全国各级政府的组织下，农民业余教育蓬勃地发展起来。

到 1954 年，全国参加业余学校学习的农民达到 2330 多万人。

此后，中央政府把扫盲工作作为农业合作化运动的一个组成部分给予了相当的重视，并有组织地加强了领导工作。

# 山东首创记工学习班

在全国兴起的一片扫盲热潮中，许多地区都按照当地的实际情况，逐步摸索出适合人民群众喜闻乐见的学习形式。

而山东省莒南县高家柳沟村的扫盲实践经验，则引起了毛泽东，乃至全国的普遍关注。

1954 年，山东省莒南县高家柳沟村，为了适应农业合作化的需要，办起了识字学习班。

识字班按记工需要进行教学，较好地解决了农业社记工员缺少的困难，开了全国扫盲运动的先河。

高家柳沟村是个有 300 多户人家的山村。过去，这里自然条件恶劣，土地贫瘠，使得这个本来就不富裕的山村变得愈加贫困。

由于这里的人民长期遭受经济上的压迫，造成文化上也很落后。全村只有 9 个人识字。社内找不到记账员，团支部就从青年中挑选了 7 个识字的人，充当记账员。

由于他们识字太少，大多数人连社员所投资金、肥料、农具、出工干活的人名、地名、分工都写不出来，只好用画圆、画杠来代替。时间久了，就是圈、杠也无法分辨，因而不可避免地成了一堆糊涂账。

根据这种情况，该社团支部向红旗合作社社务委员会提出了组织青年学文化，解决社内记账员问题的建议。但是，这个建议开始并没有通过。

他们说："现喂的鸡不下蛋，文化班白搭工夫、白熬油。"后来，在党支部的支持下，社委会采纳了他们的意见。

于是，青年团支部首先组织该社的 26 名团员青年办起了农民夜校，创立了记工学习班。

记工学习班的学习形式，采取集中学和分散学相结合的方法。他们以生产队为单位，划分了学习小组，聘请了 4 名高小毕业生担任夜校教员。

开课的时候，因为没有课本，团支部也不知道学什么好，就和教员商量，先学"今天晚上开学了"7 个字，以后又连续学了"识字班"等几个字。

有一天晚上，记账员高维科说："我上了几年冬学，不认识几个大字。这样学，什么时候能学会记账呢？"

团支部觉得他的话有一定的道理，于是就召集教员和学员进行商量。大家一致认为，必须把学习内容和当前合作社的记账需要结合起来。

因此，确定了先从社员的姓名学起，然后逐步地学到土地位置、各种农活和农具的名称，再学各种数字和记账格式等。

在学习中，他们一直坚持学以致用，"做什么，学什么"。例如，初春的时候，各社正忙着春耕和送粪，他们就学习了"耕地"和"送粪"等字；当捕打红蜘蛛的时候，他们就学习了"红蜘蛛"等字；当社员深翻地的时候，教员就教"深翻地"3个字。

为了保证经常不断地进行学习，晚上学员集中起来由教员上课，每队有一个辅导员，白天就下地辅导。

经过两个半月的学习，参加学习的115个青壮年有19个能当记账员，有92个能记自己的工账，不能记账的只有4人。

高家柳沟团支部创办的记工学习班取得了可喜的成果，解决了社内缺少记账员的困难。因此，合作社的经营管理得到了改善，以前那种夜里熬眼、账目紊乱的现象，基本上得到了改善。

许多家长看到学习管用，都积极动员自己的孩子参加，并给他们买钢笔等学习用品。学习班也得到了合作社的积极支持。

学员王守经用小车往地里送粪，车襻往脖子上刚一搭，忽然想起"车襻"两个字怎么写呢？就赶紧去问辅导员。

像这样在生产过程中勤学勤问的例子，在学员中不胜枚举。

高家柳沟村团支部创办的记工学习班，大大鼓舞了该村未参加合作社的互助组和其他群众。

秋后，红旗社扩社时，有110户参加了合作社。

通过这次学习，迅速提高了青年社员的文化水平。参加学习的200多名青年中，有63人能当记账员，4人能担任会计助手。其他的学员，也基本上摘掉了文盲的帽子。

1954年秋，《山东青年报》在第一版登载了高家柳沟青年团支部创办记工学习班的事迹，并同时发表了大众言论。

1955年春，《人民日报》全面介绍了高家柳沟村青年团支部创办记工学习班的经验，并登载了他们自编的各种识字课本。

《中国青年报》《工人日报》也就此进行了大力的宣传。

1955年秋，中央新闻电影制片厂对该村办学的经验拍制了新闻纪录片，放映后收到了很好的社会效果。

1955年12月，毛泽东对收入《中国农村的社会主义高潮》一书中的《莒南县高家柳沟村青年团支部创办记工学习班的经验》一文写了按语。

按语说：

这个经验应当普遍推行。列宁说过："在一个文盲充斥的国家内，是建成不了共产主义社会的。"……

第一步，为了记工的需要，学习本村本乡的人名、地名、工具名、农活名和一些必要的语汇，大约两三百字。

第二步，再学进一步的文字和语汇。要编

两种课本。

第一种课本应当由从事指导合作社工作的同志，帮助当地的知识分子，各就自己那里的合作社的需要去编。每处自编一本，不能用统一的课本。这种课本不用审查。

第二种课本也应当由从事指导合作化工作的同志，帮助当地的知识分子，根据一个较小范围的地方的事物和语汇，加上一部分全省和全国性的事物和语汇编出来，也只要几百字。

第三步，由各省、市、区教育机关编第三种通常应用的课本。

山东莒南县高家柳沟村的青年团支部做了一个创造性的工作。看了这种情况，令人十分高兴。

教员是有的，就是本乡的高小毕业生。进度是快的，两个半月就有100多个青年和壮年学会了200多字，能记自己的工账，有些人当了合作社的记账员。

记工学习班这个名称也很好。这种学习班，各地应当普遍地仿办。各级青年团组织应当领导这一工作，一切党政机关应当予以支持。

当时，毛泽东的批示迅速在全国传开，各地纷纷派人来高家柳沟村参观学习。

《人民日报》等新闻单位，也对批示做了充分的宣传报道。

1955 年以后，全国先后有 29 个省、市、自治区和若干县市派员来高家柳沟村进行考察学习。

随后，各地纷纷仿效他们的做法，办起了各种农业夜校和工人夜校，这对促进全国人民的文化学习、推动农业合作化运动，起到了非常重要的作用。

# 四、 第二次扫盲高潮

● 毛泽东说："扫盲运动，我看要扫起来才好。要在合作化中间把文盲扫掉，不是把扫盲运动扫掉，不是扫扫盲，而是扫盲。"

● 周恩来说："我们应该按照建议规定，继续努力扫除文盲，发展小学教育，发展工农群众的业余教育，逐步推行文字改革。"

● 陈毅说："成立全国扫除文盲协会，在全国范围内扫除占人口78%的文盲，是一项空前的伟大事业。"

# 团中央掀起扫盲热潮

1955 年 10 月 11 日，毛泽东在中国共产党第七届中央委员会第六次全体会议上，做结论时说：

> 扫盲运动，我看要扫起来才好。有些地方把扫盲运动扫掉了，这不好。要在合作化中间把文盲扫掉，不是把扫盲运动扫掉，不是扫扫盲，而是扫盲。

1956 年 9 月 15 日至 27 日，在北京召开中国共产党第八次全国代表大会。

周恩来在《关于发展国民经济的第二个五年计划的建议的报告》中，强调指出：

> 第二个五年计划期间，随着经济建设的发展和人民群众对于文化要求的增长，我们应该按照建议规定，继续努力扫除文盲，发展小学教育，发展工农群众的业余教育，逐步推行文字改革。

在此新形势下，全国掀起了扫除文盲运动的第二次高潮。

1955 年 12 月，共青团中央积极配合党中央的战略部署，作出了《关于在七年内扫除全国农村青年文盲的决定》（以下简称《决定》）。

《决定》指出：

> 扫除占农村青年 70% 左右的文盲、半文盲，是实现农业合作化伟大任务的一个重要方面，也是农村实行技术改革、使用大型农业机器的重要条件。
>
> 青年团是党在扫除文盲工作中的助手，对扫除文盲负有特殊重大的责任。
>
> 各级团委应当充分运用一切有利条件，积极采取具体措施，在全国农村中掀起一个群众性的扫盲热潮，使扫盲运动紧紧跟上农业的社会主义改造的开展。

团中央决定用 7 年时间，依靠已有的 3000 多万农村识字青年，扫除全国 7000 多万农村青年文盲，使全国青年文盲的 80% 左右脱离文盲状态，使他们每人认识 1500 字左右。

同时，团中央作出了《奖励扫除文盲运动中的青年积极分子的办法》。

把分散的农村知识青年团结和组织起来，更好地发挥他们的作用，解决扫盲的师资困难。

同年 12 月 6 日，《人民日报》发表《要七年内基本上扫除全国青壮年文盲》的社论。

社论指出：

> 按照社会主义工业化和农业合作化的要求，必须在第二个五年计划期间，即在 1962 年以前，换句话说，也就是在今后 7 年内，基本上扫除全国青壮年文盲。
>
> 机关、工厂、矿山、企业中的文盲，应当尽快地加以全部扫除。

1956 年 1 月 1 日，共青团中央发出《关于普遍建立青年扫盲队的通知》，要求全国农村团的组织，普遍建立青年扫盲队，组织农村知识青年担任民校、记工学习班、识字小组的教员和辅导员。

团中央号召各级团委，充分利用一切有利条件，在全国农村掀起一个全国性的扫盲热潮，使扫盲工作紧紧跟上农业社会主义改造的开展。

为响应号召，各地团委迅速行动起来，加强领导，制定规划，层层落实。于是，在全国范围内，再次掀起了扫盲高潮。

从 1955 年冬至 1956 年春，全国入学人数有 6000 多万人，其中工农青年 4000 多万人，主要是农村青年。

据统计，仅 1955 年秋后的一年时间里，全国农村就扫除文盲六七百万人。

到 1957 年，全国共扫除文盲约 3000 万人，其中青年 2000 多万人。

青年团协助各级政府，在扫盲运动中发挥了积极作用。团员青年作为党组织的得力助手，在动员群众入学、帮助群众转变思想观念，以及指导群众学习和生产方面，发挥了积极的模范带头作用。

在扫盲运动中，有位扫盲模范名叫"宋士和"。

1947 年，18 岁的宋士和参加了人民解放军。第二年，宋士和就光荣地加入了中国共产党。

在 1948 年的一次战斗中，宋士和受了重伤，三肢完全瘫痪，只剩下一只左手还能活动。

宋士和想："我这一辈子算完了，不能再为党工作了。"

就在宋士和最苦闷的时候，医院党委韩书记来到他的床边，握着他的手说："革命嘛！还能不流血，坚强起来，你还能继续为党工作。"

不久，韩书记给宋士和送来一本《钢铁是怎样炼成的》。

保尔的光辉形象鼓舞了宋士和，他想：保尔全身瘫痪，双目失明，还能为党工作。我有一双眼睛和一只胳臂，就不能继续为党工作吗？

想到这里，宋士和增加了克服困难的勇气和信心。

　　从此，宋士和一边读书，一边用左手练习写字。一开始，手一点儿也不听指挥，别说写字，连笔都握不好。但他毫不动摇，白天伏卧在床上，在纸上练着写，晚上在肚皮上和腿上画。

　　练习了一个多月，宋士和终于写出字来了。这时，宋士和在日记本上写了这样一段话：

　　　　敌人能打残我的身体，却打不残我这颗跳动的心。尽管我再不能扛枪，再不能做体力劳动，但我要用这只能活动的手，用我的一张嘴，两个耳朵和眼睛，继续为党工作。

　　医院的韩书记听说宋士和能写字了，便十分高兴地来看望他。

　　韩书记笑着对宋士和说："病魔最怕有坚强意志的人，你的意志越坚强，它就逃得越快。现在，你已经胜利了，不过这还只是开始，你还要继续努力，向困难作斗争。"

　　韩书记的话，给了宋士和很大的鼓舞和教育。从此，他便更加积极地学习起来。

　　书，一册接一册地读着；日记，一天接一天地写着。宋士和的行动，感动了医生和护士，医院党支部评选他为模范病员。

　　宋士和一直在医院住了16个月。在住院的过程中，宋士和接二连三地写申请书，要求出院，好为党做点工作。

1949 年冬，经宋士和再三申请和要求，医院党委批准他回到家乡山东蓬莱县宋家村。

回家的当天，宋士和就把党关系的信交给了村支部书记宋恩全。在关系信里还夹了一份申请书，要求组织立即给他分配工作。

宋恩全看他完全瘫痪了，连坐都坐不起来，就安慰他说："同志，别忙工作，你的任务就是休养，等身体好了后，再给你工作。"

宋士和一听，急忙握着书记的手说："我已经休养了好长时间，怎么还叫我休养？我一定要工作。"

但是，支书并没有答应宋士和的要求。

于是，宋士和更加发愤地学习，以准备为党工作的条件。他先找了一本《毛泽东选集》来学，同时经常看报纸。宋士和文化水平低，很多地方看不懂，就买了字典，有生字就查。

他把学到的字和词写成一张张小纸条，贴在墙上，贴在蚊帐上，随时看，随时读。

村里的青年人看到他家有书报，于是就都跑来看书读报。趁这个机会，宋士和就给他们讲些战斗故事，进行教育。

很快，在宋士和的周围吸引了一大帮人，有青年，有老人，也有小孩。大家都愿意听他讲故事、说道理，并且称他是"开心的钥匙"。

这时，宋士和真有说不出的高兴。心里想：这不是在为党工作了吗？

后来，宋士和家里的人越来越多，小屋都容纳不下了。于是，一位爱看报听故事的宋大爷提议说："孩子，咱办个民校吧，你每天晚上给俺说上一段。"

"好！"全屋老少齐声响应起来。

这是一股巨大的力量，它汇成一股澎湃的激流，涌向宋士和的全身。

宋士和激动地说："太好了！我一定好好给大家讲。"

于是，宋士和把这个建议报告给党支部。宋书记鼓励他说："好好干吧！有什么困难找我。"

从此，宋士和就成了民校的教师。

民校开学了，村里的青年小伙子背着宋士和去讲课。开课的第一天，班里就到了40多人。

宋士和和大家讲了当前的形势和学习的重要性。讲完课，他领大家唱起歌。大家的情绪很高，年轻人都争着来背他，使他觉得更有劲了。

1953年的冬天，来民校上课的人数突然减少，这使宋士和的心里感到很不安。于是，他便让哥哥背着他，挨家挨户去访问。

有一天傍晚，天突然下起大雪，还刮起了西北风。道路被雪盖住了，为了不影响大家的学习，宋士和仍叫哥哥背他上民校。

哥哥背着他走了没多远，就不小心滑倒在地，跌在了小沟里。宋士和也被摔出去四五步远，胳臂也被石头划破了。

哥哥爬起来，扶着他说："士和啊！回去吧！这样大风大雪的走不去。"

宋士和擦了擦胳膊上的血，说："哥哥，不能回去，越是这样天气，民校越需要我去。我的工作应坚持到底，不受大风大雪阻拦。"

学员们一看宋老师在这样的天气都来了，很受感动。当大家发现他左手上有一片血时，就喊了起来。

宋士和却笑着说："挂了点小花算啥，没有事。"说着，就讲起课来。

下课后，大家都说："宋老师只有一只胳臂，不怕大风大雪，能坚持教学，我们一定要好好学。"

在宋士和的精心指导下，民校越办越兴旺，来学习的人一天天多了起来，大家学习的积极性也大大提高了。

与此同时，民校不单搞扫盲，还成立了高小班、初中班。

1959 年冬天，全省举行扫盲与业余教育大会考，全村有 20 名文盲摘掉了帽子，有 32 人到了业余初中的水平。

宋家村成为文化村，并被公社党委授予"铁民校"的光荣称号。

# 全国妇联组织扫盲

1957 年 10 月 30 日，全国妇联同教育部、全国扫除文盲协会、共青团中央，联合发出《关于今冬明春农民文化教育工作的通知》。

扫盲运动打开了农村妇女自求解放的大门。妇女占到农村人口的一半，而她们长期以来远离知识与文化，妇女的社会作用难以充分发挥出来。

提高广大农村妇女的文化水平，不仅对于解放农村生产力具有重要的作用，而且对于提高劳动妇女的社会地位，也具有重大意义。

为此，各级政府组织妇女联合会作为领导妇女工作的机关，对她们进行思想宣传与文化教育，使她们摆脱封建主义造成的愚昧，从而以主人翁的责任感，正视自己的社会尊严，发挥应有的社会作用。

到 1958 年，有 1600 万妇女摆脱了文盲状态，初步改变了中国妇女愚昧落后的状况。

在浙江省江山县茅坂村，村级妇女干部周爱仙积极响应党委、政府抓农业生产的号召，夜以继日地走村串户，发动广大群众积极行动，投身农业生产。

为提高群众的文化知识，周爱仙利用业余时间创办农民夜校，开设了"扫盲班"，传授"速成识字法"。

白天工作，晚上教村民识字，周爱仙就这样乐此不疲地奔波忙碌着。

一次，周爱仙连夜赶往临近江西的"里塘坞"小山村授课。因为天黑路滑，不小心一脚踩空，掉进了村民家的猪粪池中。像这样的事，她自己也数不清有过多少回了。

经过多年努力，茅坂区有上千名群众，在周爱仙的带领下，脱下了"文盲帽"，告别了"睁眼瞎"。

1958 年 11 月，成绩突出的周爱仙光荣地加入了中国共产党，后任公社党委副书记。

1959 年，周爱仙作为创办业余扫盲班成绩突出的基层妇女工作者，幸运地被评为全国劳动模范和浙江省教育系统先进工作者。

1959 年 10 月 1 日，周爱仙与来自全国各地的 400 多名劳模一起，参加了中华人民共和国成立十周年庆典大会，并受到了毛泽东、朱德等中央领导的亲切接见。

在上海，妇女参加扫盲学习的热情非常高。

1949 年中华人民共和国成立时，在上海的家庭妇女中，文盲、半文盲占多数，她们采取"自办、自教、自学"的方法学文化。识字班、组从最初两三个逐步发展，到 1953 年，共有学员 6.1 万多人。

至 1956 年暑假，有 6.9 万余名妇女摘除了文盲帽子，在学的有 36 万余人。参加扫盲工作的女教师、家庭妇女约有 1.57 万人。

家庭妇女们除了参加文化学习外，还参加各种政治学习，如参加市、区妇联办的各种政治训练班，参加收听广播、读报组的学习等。

到1956年，上海黄浦、卢湾、新成等区巩固下来的常年读报组有775组，约1.3万人。

她们主要从《中国妇女》《解放日报》《新闻日报》《劳动报》等报刊上，选读学习有关时事形势、国家建设及妇婴卫生等方面的知识。

同时，还有8万多人参加了妇女知识讲座，学习全国妇联提出的"五好"要求，以及妇女解放理论等。

在各级妇联和政府的支持下，广大家庭妇女通过文化学习、政治学习，增长了知识，扩大了视野，开阔了胸襟。

仅1958年一年，全国就有600多万妇女摆脱了文盲状态。大批知识妇女成为各个行业的建设者，在建设国家的安全卫生、公共福利、调解纠纷、文化娱乐等活动中，发挥了十分重要的作用。

# 全国扫盲协会成立

1956 年 3 月 29 日，中共中央、国务院发布的《关于扫除文盲的决定》中，明确规定了半文盲的具体标准和扫盲对象。

同时，"决定"指出：

> 扫除文盲是我国文化上的一大革命，也是国家进行社会主义建设的极为重大的任务。
>
> 在与国家的社会主义工业化和农业合作化的发展紧密联系在一起的同时，按照当地情况，在五至七年内基本上扫除文盲。

"决定"还对解决扫盲教育问题中，有关的教师、教材、指导内容和指导方法等方面，做了更为具体的规定。

在具体实施《关于扫除文盲的决定》时，要求在各地教育部门、工会、共青团、妇联的领导下，政府机关、工矿企业、农业合作社、手工业生产合作社等必须制定出计划，进行推广。

1954 年 11 月 18 日，根据国务院的指示，扫盲工作委员会同教育部合并，这样使其指导更为集中，也加强了领导力度。

在 1955 年后，扫盲工作同各部门、各阶层、各团体协同合作开展工作的趋势越来越明显。同时，这也更有利于扫盲工作的开展。

1956 年 3 月 15 日，"中华人民共和国全国扫除文盲协会"正式成立。

扫盲协会的宗旨是：

适应社会主义建设的需要，协助政府广泛地动员、组织社会力量和群众力量，开展扫除文盲运动，按照国家计划如期完成扫除文盲的任务。

陈毅在成立会上讲话时，指出：

成立全国扫除文盲协会，在全国范围内扫除占人口 78% 的文盲，是一项空前的伟大事业。

教育部部长张奚若，在会上报告了当时扫除文盲的情况，及一年来各地办扫除文盲协会的经验和全国扫除文盲协会的筹备经过。

大会通过了全国扫除文盲协会的章程，并选出了会长、副会长、委员和秘书长。

会长为陈毅，副会长为吴玉章、林枫、张奚若、胡耀邦、董纯才，秘书长为林汉达。

会长、副会长均由各个部门的领导担任，这表明了政府的重视程度。

扫除文盲协会的职责是：

动员组织广大的知识分子、社会人士及所有的有文化者，协助搞好扫盲运动。

动员组织文盲者接受扫盲教育。

支持机关、团体、工矿企业、农村合作社、手工业合作社、城镇居民委员会等组织的扫盲活动。

协助各级人民政府对开展扫盲运动和培养扫盲师资的工作。

协助搞好各级人民政府和团体对在扫盲工作中成绩显著的个人和单位的表彰、奖励活动。

4 月 18 日，国务院转发教育部、全国扫盲协会《关于各级扫盲协会人员编制的方案》。随后，各地都加快了扫盲的步伐。

到 11 月时，全国已有 11 个省、市、自治区成立了扫盲协会或筹备组织。江苏、福建、广东等省有 80% 左右的县、市成立了扫盲协会。

1956 年 3 月 29 日，中共中央、国务院发出《关于扫除文盲的决定》。

"决定"指出：

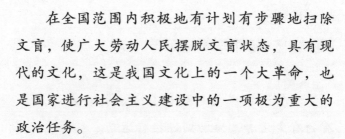

在全国范围内积极地有计划有步骤地扫除文盲，使广大劳动人民摆脱文盲状态，具有现代的文化，这是我国文化上的一个大革命，也是国家进行社会主义建设中的一项极为重大的政治任务。

正如毛主席所指出的："从80%的人口中扫除文盲，是新中国的一项重要工作。"

在目前，配合着社会主义工业化和农业合作化的发展，大张旗鼓地开展扫除文盲运动，以求在五年或七年内基本上扫除全国文盲，这是非常必要的，也是可能实现的。

"决定"要求：

两年到三年扫除机关干部中的文盲，三年或者五年扫除工厂、矿山、企业职工中的文盲95%左右；五年或者七年基本上扫除农村和城市居民中的文盲，就是说要扫除文盲达到70%以上。

这就是要求在第二个五年计划期间，即在1962年以前，基本上扫除全国青壮年文盲。

扫盲标准是：职工为2000字左右，农民为1500字左右。

到 1956 年底，全国共有 743.4 万人脱掉了文盲的帽子，这是仅次于 1953 年开展"速成识字法"后，达到的第二个高峰。

1956 年春以来，全国各地的扫盲运动蓬勃地展开。

但是，到 1956 年下半年，扫盲工作有一些脱离正轨。

因此，在 1957 年 3 月 8 日，教育部发出《关于扫除文盲工作的通知》。

《通知》的主要精神是：再次肯定 1956 年 3 月 29 日发出的《关于扫除文盲的决定》，对《关于扫除文盲的决定》发出一年来的工作中的经验和问题做了总结。提出今后应做的各项工作，要求努力按计划实现扫盲的目标。

在《关于扫除文盲工作的通知》中，指出：

扫盲工作应根据工农群众的生产、居住、身体、学习时间等，以及教师的情况，划分出实现目标的阶段，作出正确的判断，逐步进行。

具体地说，40 岁以下的青壮年工人农民和干部中的文盲，含 40 岁以上的，都必须参加。

工厂工人的扫盲目标约为本单位总人数的 85%，农民、市民、手工业合作社的扫盲目标约为各个单位总人数的 80%，干部要全部脱盲。

　　此后，扫盲工作自始至终贯彻着群众路线，紧密地同群众相联系，并不断采取群众乐于接受的形式。

　　在不断的摸索中，参加扫盲学习的学员们都取得了良好的学习效果，从而有力地促进了工农群众在生产和工作上的积极性。

# 山东展开农民大扫盲

扫除文盲的运动，经过 1952 年第一次高潮后，取得了显著的成果。1955 年，中央将扫盲教育再次提到重要的位置上。

在此形势下，1956 年 10 月 26 日至 28 日，山东省教育厅在济南召开全省扫除文盲工作会议，着重研究组织入学和常年学习问题。

各地区在这次会议的要求下，大规模地开展扫除文盲运动。

在各专署中，聊城地区起了模范带头作用。聊城地区扫盲结合生产、为生产服务的做法，取得了较好的成效。聊城地区树立学习为生产服务的观点，解决学习与生产的矛盾，也巩固了民校。

聊城地区的辛县、高唐等县，为使学习组织适应生产，采取固定的队、组的形式。辛县的刘庄，坚持妇女每天午饭后学习，男劳力晚上学习，学习完再集合下地生产。

平原姚花店乡前进社，每天晚上坚持学习，也是下课后再下地生产，保持了正常学习。

化庄、孟庄等乡，民校学员都带着课本、文具和农具到民校集合。民师上课一个半小时左右后下课，然后集体下地生产。这样的做法，不仅保证了学习的出勤率，同时也因为学员增多而提高了生产劳动出勤率。化庄执行了这一办法之后，劳动出勤率就由原来的 30% 提高到 93% 。

在高唐等地露天民校，则采取田间学习的形式。高唐为了适应生产搞好学习，在全县训练了民师，把学习带到田间。

门辛庄训练了 17 名民师，根据生产组织进行调配，民师和学员固定在一块生产，田间授课、田间学习，民师包干到底。学员由原来的 33 名增加到 82 名。

辛县十八里铺区，在向洼地进军时，黄楼店等地 5 个乡的男女老少都出动了，他们就在工地上组织了露天民校。在区委统一进行了布置，规定一天五歇工，两次搞娱乐，三次学文化。并提出一员变两员，即民校教员也是工地宣传员；一用变两用，即小黑板上课识字用，下课宣传用。让生产高潮带动了学习高潮。

在生产扫盲过程中，学员们提出的一些积极口号鼓舞了群众的生产学习情绪。

寿张棘针园民校鼓励广大学员"要当生产战线上的英雄，要当有文化的社员，拿出打虎的劲头，跑到各项工作的前面"。

在平县张贾乡民校的老师们，提出了"今冬生产忙，遍地是课堂，课本随身带，学习要经常"的口号。

辛县扫盲群众自编了"学习不离生产，下地带着黑板，学员不离课本，民师不离学员，不动千锨土，难打万石粮，不读三本书，不算扫了盲"的地头诗，广为传颂。

而高唐郭老民校学员则自编快板："边学习，边生产，下地带着三件宝，课本、工具、小黑板，白天地头来上课，晚上回家再练练。"这些口号和歌谣快板，易于被广大群众所接受，对推动生产、学习文化，起到了相当大的作用。

通过扫除文盲运动，不仅提高了生产的质量和数量，还提高了群众政治文化水平，养成有纪律性、集体性的良好习惯，不仅方便了眼前，还有利于长远利益，对进行农业技术改革和发展生产提供了有利条件。

1956 年 12 月，山东省各专署、市分别召开扫盲积极分子代表大会，交流经验，表彰在扫盲工作中的先进集体和个人。

# 城市展开扫盲运动

在开展的轰轰烈烈的扫盲运动中，全国的一些城市也涌现出不少先进的县市。

如青岛市台西区部城北路街道办事处，就是扫盲先进单位。

青岛市台西区部城北路街道办事处，动员了 949 人报名参加扫盲学习，入学人数占文盲总数的 97.1%。

办事处建立了 10 个集中班，42 个识字组，包教保学 29 人，配备教师和小先生 75 人。

在扫盲开始阶段，台西区部城北路街道办事处就把社会上的知识青年做了全面调查摸底，并召开了扫盲誓师大会。

由于动员得力，在会上很多人争先恐后地报了名，一致表示要为扫盲作出贡献，在扫盲战线上立功。

在实际工作中，他们提出："思想不麻痹，行动不松动，文盲不扫除，决不罢休"的口号。

并建立三级检查：

居委会根据上级指示定期检查民校；老师分路段每日检查；办事处重点检查。

如巨野路、嘉祥路，经常有学员出勤不好，主要是因为孩子有病在家照顾，落下课怕跟不上，就打算不学了。

经街道干部动员无效，于是办事处干部便亲自上门动员，帮助其算时间账和经济账。

经过耐心的说服教育，她们表示："今后决不再费你们的工夫，一定坚持学习。"

这个区多数识字组的教学场所是设在居民或街道干部家里，或者利用读报组作为教室。

但是，有的居委会学员人数多，房子没法解决，往往影响学习。巨野路、嘉祥路等居委会，因房子困难，要求办事处协助解决。

办事处通过与房管部门联系，从房产部挤出一些闲房子，把问题解决了。

为了帮助妇女学员解决孩子的牵累，发动老年人替儿媳看孩子，居委会干部轮流看管，临时托儿站托管。

通过以上办法，孩子得到了妥善安排，使有孩子的妇女能够安心学习。

为了加强教学研究，吸收各居委会业务水平较高的民师成立中心教研组，定期进行集体研究，交流教学经验，改进教学方法，提高教学质量。

此外，还建立了补课制度，每个教师对缺课学员要做到随缺随补，缺一补一，不让任何一个学员因为缺课而掉队。

在文化学习中，出现了一大批学习积极分子，其中有些人以惊人的毅力克服困难，创造了短期摘掉文盲帽子的奇迹。

如范县的宋士元、费县的葛学琴、寿张的李月平等，就是这方面的典型人物。他们都是书不离身，见人就问，有空就学，得手就写，苦学苦练，克服了各种困难。

不少参加扫盲的群众，也在努力提高自己的文化水平，确实把文字变成了自己的东西。

有些年过半百的脱盲老人们，还订阅报刊，阅读书籍，把文化生活过得丰富多彩。

# 巩固工人扫盲成果

在 1955 年兴起的第二次扫盲高潮中，工人扫盲教育也取得了较为丰硕的成果。

在 1957 年以前，济南第二机床厂就进行了扫盲和普及初等教育，从根本上改变了新中国成立初期文盲职工占 65% 的落后局面。

随着扫盲成果的出现，机关干部随即放松了对扫盲工作的要求，多多少少出现了回生的现象。另外还出现了一些新文盲。

在这种情况下，该厂尽全力扫除剩余的文盲。

在这一时期，济南第二机床厂除了不断地进行调查活动外，还进行了三四次普查，重点摸清各类人员在生产上和工作上对学习的要求，以及他们对教学的要求。

职工的情况不一样，他们对学习的要求也不一样。老工人是办好社会主义企业的骨干，具有比较丰富的生产经验，但是他们多数文化水平较低，缺乏技术基础理论知识，大部分处于写不了、算不了、画不了的状态。生产上只知道是什么，不知道为什么。

工人出身的工程师张志华说："零件进行热处理，我看看火色就知道加热的温度高低了，可是金属变化都是看不清、摸不着的东西，没有技术理论知识，很难进一

**111**

步提高产品质量。"

老工人徐增春凭经验，听听机器的运转声，就知道有没有毛病，毛病出在哪里。但是，机床要做负荷测验，就不得不请技术员。因此，他们迫切地要求提高自己的文化知识水平。

老工人谭明甫找到夜校教师说："我在生产上想了很多革新的事，不会制图就是画不出来。夜校开个学习班吧，我们系统地学学。"

机床厂在调查研究、摸清情况的基础上，根据生产和工作上的需要，对各类人员的学习做了全面安排，因材施教，区别对待。

对生产上的辅助工人，如运输工、勤杂工和一部分技术性不强的生产工人，如清砂工、行政管理人员、服务人员，组织他们走文化学习的道路。没有达到扫盲要求的要继续扫盲，已经扫盲的，要继续巩固已有的学习成果。

对技术性较强、学习专业技术的要求较迫切的技术工人、工程技术人员和会计、计划、统计等，在组织他们进行文化学习的同时，走专业的道路，重点放在技术学习上。

通过一个阶段的学习和巩固，全厂职工基本上都脱掉了文盲的帽子，而且提高了文化水平。在进行文化学习的同时，通过互相学习、讨论，提高了他们的技术水平，使生产能力有了很大的提高。

淄博矿务局洪山煤矿，在这一时期也组织职工上业余学校。教师都当了机动干部，职工下班后干什么的都有。

矿党委指示，重新开展扫盲运动，把分散在各井的教师集中起来，到宿舍开展业余教育。

煤矿工作是地下作业，劳动强度高，工人每天除了 8 小时的紧张劳动、8 小时睡眠外，还有两小时的井口学习，1 小时的班前班后会，再加上领安全灯、换窑衣、洗澡、吃饭等，剩余的时间不多。

为了不影响工人们的休息，确定每周学习 6 次，每次 1 小时，并提出学员随到随学。

此外，考虑到学员劳动一天的确很累，于是发动教师到宿舍走访、叫班、给学员打洗脸水，女教师帮学员补袜子等。

教师们的行动深深感动了学员，不少工人说："老师对咱这么好，再不好好学习能行吗？"

采煤队老工人杨仁庆每逢雨天雪天都早到校，他说："省得老师再跑一趟。"

全体教师基本上都做到了一交，即和工人交朋友；两帮，即帮助学员安排日常的琐事，帮助学员解决生活和学习上的一些实际困难；三勤，即勤排队、勤分析、勤走访。

工人杨明林突然生产、学习情绪低落，经过了解，原来是患了胃病，吃不上饭，下井后常胃疼，到后半班就无力支持了。

班长不知真相，看他情绪不高就批评他。待教师将情况向班长说明后，班长说："老师不说，我还认为他落后哩。"

在大家的共同努力下，工人的平均出勤率达到82.4%，评出优秀学员97名，较好地带动了其他人，基本上扫除了文盲。

从工厂的整体情况来看，像这样进行扫除文盲的工厂并不多见。大多数工厂文盲较少，因而没有大规模地开展扫盲运动。

工人提高了文化知识水平，为开展技术革命创造了有利的条件。

# 基层干部狠抓扫盲

在扫盲运动中，全国各地的城镇、社区、街道办事处等，也相继开展了扫盲大行动。

各地基层干部狠抓落实，加强引导，使扫盲呈现出可喜的成绩。

如山东省济南市的小清河办事处。

在1956年，小清河办事处的木帆船运输合作社便组织起来了。小清河办事处生产分散，流动性大，流动面也很大。

工人的生产时间是很不固定的，不管白天或是黑夜，有货就装，有风就跑，来货就卸。

工人、社员大部分来自农村，文盲特别多。在青壮年中，文盲半文盲就占82.6%。再加上师资缺乏，时间难以安排，扫盲成效一直不大。

小清河办事处召开扫盲誓师大会之后，分点分区举行不同类型的座谈，深入职工家庭访问，出刊了《跃进简报》周刊和不定期的"捷报"，张贴了宣传标语770多张，并经常通过播音站广播扫盲过程中出现的典型人物。

领导干部经常深入群众，进行摸底。通过摸底，了解到不少干部职工对学习有不同的看法。

有的人认为"水上航运流动分散，任务重，哪有工夫学习?"有的人认为"小清河河湾水浅，随时要下水拉纤，哪顾得上学习?"

有的人认为"不识字能干活，没有气力不能干活"；也有的人认为"年纪大了，学了好忘"；也有的人说"过去学的，现在都忘了，什么时候能扫盲毕业"。

针对这些思想情况，干部利用各种会议进行宣传动员。

在生产经验交流会上，不少船队干部和职工代表反映"经验丰富就是记不下来，真是急煞人。"

他们就利用这个机会，说明没有文化不识字的困难，解决干部职工的一些思想问题。

装卸队支部书记厉廷新亲自到职工家中访问，召开家属座谈，动员职工入学，动员家属保证职工的学习时间。

在组织发动过程中，办事处工作人员坚持耐心、等待、积极动员的原则，争取了多年不参加学习的工人入了学。

如阎玉桂，当老师去他家里动员时，阎玉桂说："你们干脆别耽误时间了，我是不能学习的，你们教也是白搭。"

但老师不灰心，从与他拉家常谈起，建立感情，用回忆对比的方式，启发他的阶级觉悟，并用办事处1962年达到机械化的远景规划进行教育，逐渐转变了阎玉桂不愿意学习的思想。

很快，阎玉桂就成了"学习迷"，满口袋绳子、卡片和粉笔头。他随时随地念，没过多久就毕业了。

通过大力的宣传，也取得了很多职工家属的支持，工人李其涸的妹妹，包教了三名文盲；乔润生由他的妻子包教等。

老师们还随时提出一些口号，向群众大力地进行宣传教育。

在扫盲高潮中，老师做到早晨教、晚上教、休息时教、饭后教、走动时跟着教、有空就教。

学员做到早晨学、晚上学、走着学、站着学、饭后学、休息时学、自己学、互教互学、集体学、找老师帮着学。

走进修船厂，墙壁上、风箱上、木板上、铁板上和宿舍的梁上、门窗上……到处贴着字，就连木帆船的舵轴上、桅杆上、船舵上，也都贴上了字，真是"大地是课堂，处处读书声"。

学员们创造了"昼夜航行，轮班学习；船到码头，轮班值日"的学习方法。

船跑风时，学员们编了顺口溜："顺风跑着船，一人看着帆，趁着不做饭，赶快把书念。"

逆风拉线时，学员们则说着："逆风把线拉，也能学文化，肩上扛着线，书本手里拿。边拉边学不觉累，你问我答学文化。"

装卸工人李其常参加学习前，常喝酒、骂人、旷工；

参加学习后，李其常不仅是全勤，而且连酒也不喝了，更不骂人了。

每天晚上，李其常就到办事处找包教老师学习，再到离家半里的盐管处门灯下"借光"学习。

后来，扫盲班毕业后，他升入到高小班学习。

李其常的爱人感动地说："扫盲运动真是好啊，把他整个人都变了一个样儿！"

成人扫盲运动的广泛开展，使全国出现了学习文化知识的热潮，从而有力地推动了新中国各项经济建设事业的蓬勃发展，成效卓著。

# 本书主要参考资料

《国史全鉴》本书编委会编 团结出版社

《共和国五十年珍贵档案》中央档案馆编 中国档案
　　出版社

《毛泽东选集》毛泽东著 人民出版社

《大家来扫盲》南辛著 中国青年出版社

《山东的扫盲运动》严春杰 姜春燕编著 山东人民出
　　版社

《在成长中的工农速成中学》教育资料丛刊社编

《一个骄傲的人的转变》通俗读物出版社编

《中南海三代领导集体与共和国科教实录》岳庆平主
　　编 中国经济出版社

《新中国扫盲教育史纲》刘立德 谢春风主编 安徽教
　　育出版社